Adolf Hitle

1889-1923

小説

アドルフ・ヒトラー

I 独裁者への道

濱田浩一郎

Hamada Koichiro

αβ BOOKS
アルファベータ
ブックス

目次

第１章

愛憎――アロイスとクララ

アドルフが扉を押し開けると、眼前に広がったのは、きらびやかな教会の光景であった。華麗で繊細な装飾、金箔をふんだんに使った彫刻、眩く光るシャンデリア、聖母子や天使の彫像や聖画像……時を忘れたかのように、教会の内装に見入っていたアドルフは、

（天から降ってきた宝石みたい）

心の中で呟いた。その時、法衣を着た堂々とした体躯の男が、多くの僧侶を従えて現れた。

（ミサだ、ミサが始まるんだ）

荘厳な儀式の中心にいるのは、バウムガルトナー・ランバッハ修道院長。ランバッハは、オーストリア北部にある寒村であり、そこに建てられたのが、千年近い歴史を持つランバッハ修道院（ベネディクト派）であった。バロック様式の壮麗な修道院には、図書館や学校も設けられていた。

バウムガルトナー院長は、州議会議員や貯蓄金庫理事にも就任、鉄道網の建設にも貢献しただけあって、実業家のような風貌であった。威厳のある顔つきで、荘厳な儀式を取り仕切る院長を、まだ八歳のアドルフは胸高まる想いで見つめていた。

（僕もあのようになりたい）

アドルフは、そのとき初めて将来の夢というものを抱いた。夢が少年・アドルフの胸の中で膨らんだ瞬間、修道院の後部上方にある聖歌隊席から、清らかな声が運ばれてきた。少年聖歌

隊によるコーラスであった。

聖なるかな、聖なるかな、聖なるかな
全能の神なる主、私どもは朝早くからあなたを讃美いたします。
聖なるかな、聖なるかな、聖なるかな、
いつくしみ深く、力ある三つにいましてひとつなる、
三位一体の神を礼拝します

アドルフも、いつの間にか「聖なるかな、聖なるかな、聖なるかな」と口ずさんでいた。アドルフの姿が聖歌隊席に見られるようになったのは、それからしばらくしてのことである。聖なる領域に足を踏み入れ、感激した時のことを、後にアドルフはこう述べている。
「わたしは暇なときにはランバッハ修道院で歌を習っていたから、非常にきらびやかな教会の祭典の厳粛な点に、しばしば陶酔する絶好の機会をもった。だから、ちょうど父にとって小さな村の牧師が、かつてそうであったように、わたしにとっては修道院長が最も努力する値打ちのある理想と思えたのも、自然であった。少なくとも一時はこれが事実であった」

「将来は修道院の院長になりたいんだ」

ある日の夜、アドルフは、父・アロイス・ヒトラーを前にして、宣言した。アロイスは、一八三七年生まれで、その頃（一八九七年）には六十となっていた。小学校を卒業後、ウィーンに行き、靴職人の見習いとなったアロイスは、刻苦勉励し、ついにはオーストリア・ハンガリー帝国大蔵省の官吏（最終的には税関の上級事務官）にまで昇りつめた。一八九五年に退職し、恩給生活に入っていた。

厳めしく長い口髭と鋭い眼光。アロイスのその眼に睨みつけられると、誰もが首をすくめてしまう。自宅の椅子に座り、新聞を読んでいたアロイスは、息子・アドルフの「修道院の院長になりたい」との声を聞くと、眼をむき、

「ならん！」

と地が揺れるほど、怒鳴った。夫の怒鳴り声を聞いた妻のクララは、食器洗いをしていたが、びくりとして、声の方を振り返った。クララは、一八六〇年の生れで、一八八五年にアロイスと結婚した。アロイスにとっては、三度目の結婚であったが、クララは初婚。しかも、二人は叔父と姪の関係であった。

クララはアロイスの子供を六人産んだが、無事に成長したのは、一八八九年四月二十日に誕生した四番目の子・アドルフと、九六年一月に産まれた子女・パウラのみ。アドルフは、オー

ストリアとドイツの国境の町ブラウナウで生まれたが、生誕地についての記憶は殆どなかった。アロイスには先妻フランツェスカとの間に二児(アロイス・ヒトラー・jrとアンゲラ)がいたが、クララは我が子同然に可愛がってきた。クララは夫・アロイスの怒りの声を聞いた時、また昨年に起きた悲劇が繰り返されるのではと恐れた。

十四歳となった先妻の子アロイス.jrが、家を飛び出し、行方不明になったのだ。アロイス.jrは父と折り合いが悪く、喧嘩は日常茶飯事だった。例えば、アロイスは我が子を「学校をさぼった」と言って、容赦なく鞭で打ちすえた。些細なことでも怒り、首根っこをつかまえて、木に押し付けたこともあった、意識を失うまで。アロイス.jrは、父の暴力から逃れるため、姿をくらましたに違いない。

「もう一度、言ってみろ」

アロイスは立ち上がり、椅子に座ったままのアドルフに凄んだ。

「将来は、修道院の院長になりたいのです」

アドルフは、父の顔をまっすぐ見つめて答えた。言い終わらぬうちに、父の平手打ちが頬に飛んできた。アドルフは、椅子から転げ落ち、頭を床に打ち付けた。

「あなた、やめてください」

クララは、台所からアドルフのもとに駆け寄り、我が子を抱きしめる。

「修道院の院長など、くだらん。アドルフ、お前は官吏になるべきだ、わたしと同じな」

アロイスは、アドルフとクララに顔を近付け、断定口調で、同じ言葉を繰り返した。アロイスの息からは、酒の匂いがした。アドルフは、父の顔を睨みつけているだけで、とうとう一言も発しなかった。騒動に驚いたのか、幼い妹・パウラが泣き声をあげた。頬の痛みは、アドルフの身体にしばらくの間、こびりついていた。母クララの肌の温もりが、その痛みを和らげてくれるような気がした。

＊

一八九九年二月、ヒトラー一家は、リンツ郊外の村レーオンディングに引っ越した。広い庭付きの家ではあるが、住宅は小さいものだった。アドルフは、ランバッハ修道院内にある国民学校から、レーオンディング村の国民学校第三学年に編入することになった。

その頃には、すでにアドルフの胸の内から、修道院の院長になりたいとの夢は消えていた。アドルフには、新たに夢中になることができた。

冒険小説や普仏戦争（一八七〇〜七一年。ドイツ統一をめざすプロイセンと、それを阻もうとするフランスとの間で行われた戦争。プロイセンの大勝利に終わる）に関する雑誌を読みふけったことで、学校の仲間たちと、探検や戦争ごっこに精を出すようになったのだ。九九年に始まった第二次ボーア戦争（南アフリカの支配をめぐってイギリス人とボーア人＝オランダ系の白人住民の間で行われた戦争）も、アドルフの戦争熱に拍車をかけた。

「わたしが、ボーア人の将軍の役をやる。お前は敵のイギリス兵の役だ」

有無を言わせぬ口調で、仲間に命じたアドルフは、連日のように、野原や川を駆けまわり、木の棒で敵役の仲間を殴ったり、時に殴られたりもした。戦争ごっこに熱中のあまり、父に言いつけられた煙草の買い物を忘れ、帰宅してから父の雷が落ちることもあった。アドルフは、後に悪童たちとの戦争ごっこを回想し、

「いまやわたしは、戦争とかあるいは軍人らしさとかに関係するあらゆることに、ますます熱中した。しかし、これはまた他の観点からみても、わたしに重要な意味をもつようになった。はじめて——まだ非常に不明瞭な観念ではあったが——この戦闘をするドイツ人と、他のドイツ人の間に相違があるのだろうか、それはどんな相違なのだろうか、という疑問がしつように迫ってきた。なぜオーストリアは、この戦争（註・普仏戦争）にともに戦わなかったのだろうか、わたしの父もまた他のドイツ人たちもなぜ戦わなかったのだろうか。われわれもまた、すべてのドイツ人と同じではないのだろうか。われわれはみんな、ともに一つの全体をなしているのではないのか」

と述べている。アドルフの心の中に「ドイツ的愛国心」が芽生えつつあった。

一九〇〇年二月、弟のエトムントが麻疹によって息をひきとった。ただ一人の男子となったアドルフには、父母の期待が募ることになる。

国民学校の四年生（十歳）になると、進路選択の決断をしなければいけなかった。実科中学校か高等中学校に進み高等教育を受けるのか、国民学校の五年生となるのか。父アロイスは、技術教育に力を注ぐ実科中学校への進学を望んだ。

しかしアドルフは、戦争ごっこに明け暮れる一方で、自然や建築物を描くことにも大いに興味を示していた。

「絵描きになりたい。偉大な芸術家になりたいんだ」

アドルフは、かつて聖職者になりたいと言った時と同じ口調で、父に将来の望みを伝えた。殴られると思い、体を固くしたアドルフだったが、意外にも拳骨は飛んでこなかった。（こいつは、馬鹿か、狂ったのか）もしくは（何かの聞き間違えか）と言わんばかりの顔で、アドルフを見ていたが、暫く経って発せられた言葉は、

「絵描きだ？　芸術家だ？」

との怒声であった。

「ダメだ、いけない。断じていけない。お前には芸術家の才能などないし、第一、生活はどう

するのだ。絵など描いて暮らしていけるものか！　勉学に励み、わたしのように官吏になれ。それが、お前にとって、最も良いのだ。芸術家など、くだらん！　わたしの生きているかぎり断じていけない」

父は、自らに言い聞かせるように、懇々とアドルフに諭した。仕事の遣り甲斐、生活の安定——父は官吏の良さをこれでもかと語って聞かせた。父の元職場である税関に連れていかれ、

「どうだ、良いところだろう」

と胸を張られても、アドルフの嫌悪感は増すばかりであった。アドルフは、一歩も退かなかった。

「どうしても嫌だ。官吏になどなりたくない。自分の時間も持つことができず、全ての生活の内容を書式通りに書き入れることを強いられるなんて、アクビが出るほど、嫌だ」

父は拳を握りしめて、今にも飛び掛かってきそうだったが、激しい怒りを押し殺すように、

「芸術家などいけない。手に職をつけて、安定した職につくのだ。お前は、実科中学校に行け」

と申し渡すと、自らの寝室に入っていった。父との関係の破局を思い描いていたアドルフだったが、その時は、なぜか暴力もなく、胸をなでおろした。父の決定に不本意ではあるが、実科中学校にも絵の課程があったので、渋々、アドルフはリンツの実科中学校に通うことに

なった。
約四キロ、片道一時間の通学は楽ではなかったが、途上に目にするキュルンベルク城や林立する教会などの建築群は、アドルフにひと時の快感を与えた。ところが学校の成績は、目に見えて落ちてきた。第一学年の学期末試験では、数学と博物学で不可をとり、留年。しかも、クラスメイトは、学業不振で田舎出のアドルフを見下し、仲間外れにした。前の学校でガキ大将だったアドルフのプライドは傷付き、自分の殻に閉じこもるようになった。

「自分の好きなもの、なかでも自分で画家として必要だと考えたすべてのものを学んだ。この点で無意味と思うものや、その他の心をひかれないものをわたしは徹底的になまけた。この時代のわたしの成績は、学科により、価値判断により、極端さを示した」

後にアドルフはこのように語っている。「地理」や「世界史」の成績はずば抜けて良かったようだ。

(ここまで成績が下がって、留年したのだ。父さんも将来は僕の好きな道に進ませてくれるのでは)

との甘い期待もあった。

だが、アドルフの成績の低下は、父を狂暴にさせただけであった。

「なんだ、この成績は。なぜ幾何学をもっと学ばないのか」

「興味がないからです」

アドルフの木で鼻をくくったような返答を聞くと、父はアドルフを押さえつけ、馬乗りになって、殴りつけた。

（痛みを感じていない振りをすることが勇気の証）

ドイツの児童文学作家カール・マイの作品のなかの一文を想い起こしたアドルフは、父に殴られても、苦痛の声をあげまいと、心に誓っていた。代わりに、殴られる度に、殴られた数を心中で数えた。

（五回、六回、七回、八回、九回、十回……）

頭や顔に何度も痛みが走った。

（十一回、十二回、十三回……）

殴られる度に、父のこれまでの仕打ちが、頭によみがえった。少しでも口答えすると、鞭で打たれた日々。家出を決意したこともあった。しかし、父はアドルフの計画を薄々感じ取り、二階に監禁。夜半になって、格子のはまった窓から逃げ出そうとしたアドルフだったが、隙間が狭すぎて出られず、裸になった時、父の足音が聞こえた。慌てて、テーブルクロスで自らの裸体を覆ったアドルフを見つけた父は、鞭を振るわず、クララを呼びつけたうえで、指をさしてアドルフを嘲笑した。

「おい、ローマ時代のトーガを着た少年を見ろよ」

トーガとは、古代ローマで下着の上に着用された一枚布の上着のことである。父の侮蔑に満ちた目と、母の悲しげな顔は、今でも鮮明に思い出せる。

(十四回、十五回、十六回、十七回……)

「この怠け者めが、根性を叩きなおしてやる」

父の手に血が混じり始めた。

十歳頃の少年時代の記憶もよみがえってきた。父は事務所での仕事が終わると、同僚たちとガストに行き、ビールやワインを毎日のようにあおった。父を迎えに行くのは、アドルフの役目であった。煙草の煙でもうもうとしている店内を、顔をしかめながら歩くアドルフ。父を見つけ、そのテーブルに近付くが、父はぼんやり自分を見つめるだけで、何の反応も示さない。

「父さん、もう、うちに帰ろうよ。一緒に行こうよ」

アドルフは、父の体を揺さぶり、帰宅を促す。三十分ほど経って、重い腰をあげた父。ふらつく父の体を支えながら、家に向かうアドルフ。酒臭い父の息と、染みついた煙草の匂い。アドルフは何度も顔をしかめながら、家にたどり着いたのであった。

(二十回、二十一回、二十二回……)

この苦痛の時は、いつまで続くのであろうか。アドルフは、痛いとは一言も言わず、ひたすら殴られた数を数え続けた。

（三十二回）

を数えた時、父の殴打は止まった。父は、息子に声をかけることなく、自室のドアを開け、戸外へと出ていった。ドアが開いた瞬間、母が駆け寄ってきた。

「アドルフ、アドルフ」

眼に涙を浮かべて、アドルフを抱きしめたクララに対し、アドルフは、

「父さんに三十二回もやられたよ」

痛みをこらえつつ、誇らしげに顔を向けた。

「僕は、痛いとも一言も言わず、耐えたんだ」

喜びに満ちたアドルフの腫れあがった顔を見て、呆然とする母。

「アドルフ、頭がおかしくなってしまったの」

母は青い目から涙を零し、アドルフの頭を撫でるしかなかった。それからも、アロイスはアドルフを殴打することはあったが、アドルフが殴られる度に、その回数を声に出して叫ぶので、気味悪がって、とうとう折檻をやめてしまった。

この出来事があってから、アドルフは勉学に少し力を入れるようになった。そのお陰もあっ

て、成績は伸び、操行と勤勉に「優」と「秀」をもらい、第一学年を終えることができた。しかし、第二学年になると、すぐさま成績は下がり、勤勉は「むらあり」との評価が付くようになった。

そして、クリスマス休暇がもうすぐ終わるという一九〇三年一月三日、土曜日の朝、父は通いなれた自宅近くの居酒屋「シュティーフラー」に出かけ、ワインを一口飲んだところで、

「気分が良くない」

とつぶやき、バタリと倒れこんだ。慌てた従業員が父を隣室のベンチに横たえたが、暫くして息をひきとった。医師と聖職者が駆け付けた時には、既に死んでいたという。享年六十五歳、死因は肺出血であった。

「お父さんが亡くなったの」

母からその知らせを聞いた時、アドルフは目の前の大きな壁が崩れ落ちたような感覚を抱いた。肉親の死であるが、不思議と涙は零れなかった。父の死から二日後、レーオンディングの墓地で葬儀が執り行われたが、その時も、アドルフは無表情でうつむいていただけだった。横にいる母は涙を流していた。それを見て、アドルフも泣くふりをした。アドルフは後に父のことをこう語っている。

「父のことは好きではなかった。怖かった」

＊

家族を残して急死したアロイス。が、クララやアドルフは生活には困窮しなかった。学校の校長の年収を上回る年金(二千四百二十クローネ)をもらっていたアロイスだったので、未亡人には半額の年金と一時金、子供には二十四歳の誕生日か自活できる状態がくるまで、一人年間二百四十クローネが支給されることになったからだ。

父という暴君がいなくなったことは、アドルフを胸のつかえがとれるような、安堵の想いにさせた。自らの進路をさえぎる者は、もう誰もいないのだ。母のクララは、

「アドルフ、勉強を頑張って、安定した職について」

と何度か言うことはあったが、頼み込むような口調であり、アドルフには馬耳東風、何の効果もなかった。

学校では三年生に進級できたが、勉学に励まず、学期末のフランス語の試験で「不可」をとった。教師が指導しようとしても耳をかさず逃げ出すか、睨みつけて敵意を露にした。同級生との関係も、一方的なもので、

「あれをしろ、これをしろ」

と上から目線で命令し、服従を要求した。まともな者は、徐々にアドルフから離れていった。夏休みに母の実家があるシュピタル村に帰省した時は、殆どの時間を読書と絵描きに費やした。アドルフは部屋を歩きまわり、夢想の世界に浸り、リンツの建築物を描いた。

クララの義理の兄弟のアントン・シュミットの家に行った時などは、まだ小さな子供たちがいたので、アドルフは竜の凧を作ってやったりもしたが、絵描きに熱中するのを邪魔された時などは、

「うるさい、出ていけ」

と急に怒鳴り出し、癇癪を爆発させるのだった。子供たちは、アドルフをからかい、彼がいた部屋の窓にモノを投げつけた。その度に、アドルフは、

「くそっ」

と叫び、戸外に飛び出していき、子供を追い回した。

アドルフは、フランス語の追試験を受けることになったが、学校側の要求は過酷だった。必修科目の再三の「不可」と素行不良に業を煮やした学校側は、

「他の実科学校に転校するなら、追試験を受けても良いです。でも、追試験に合格しても四年生には進級させません」

とアドルフに迫ったのだ。アドルフは、学校の要求に自尊心を打ち砕かれ、学校というもの

に更なる敵意を募らせた。

「学校など糞くらえだ」

追試に合格したアドルフは、リンツの南約四十キロにあるシュタイヤーの実科学校に通うことになった。徒歩通学は無理なので、裁判所吏員のチキーニ夫妻の家に下宿することになった。一九〇四年九月のことである。アドルフが住むことになった部屋は、それなりに清潔感はあったが、家の中庭は薄暗く、どこか不吉な雰囲気がした。中庭には、ネズミがよく走り回っていた。アドルフはネズミを追いかけまわしたり、石を投げて遊んだ。

学校の勉強は、殆どせずに、読書と絵描き、そしてネズミ撃ちに励んだ。無断欠席も増えた。そのせいで、数学とドイツ語が不合格となった（歴史と地理は「良」であった）。

チキーニ夫妻の家は、居心地が良かった。奥さんがアドルフを大事にもてなしてくれたからだ。ただ、夫婦喧嘩が起こった時は、アドルフも少し気を遣う必要があった。アドルフは奥さんに対し、

「奥さん、すみませんが、コーヒーはあまり熱くしないでください。私は朝は時間があまりなく、ゆっくり飲めないものですから」

とかねてから伝えていた。ある朝、アドルフは七時過ぎに起き出して、小奇麗な食卓で、朝食をとっていたのだが、七時半になっても、いつものようにコーヒーが出てこない。

（なぜだ、なぜコーヒーが出てこない）

と思ったアドルフは、奥さんに、

「もう三十分を過ぎたのに、コーヒーが出てきません」

とやんわりと苦情を言った。奥さんは申し訳なさそうな顔をして、

「ごめんなさい。まだ三十分になっていないと思っていたのよ」

慌ててコーヒーを淹れようとした。その横から口髭を生やした亭主が、

「もう三十分を五分、過ぎているよ」

と何気ない調子で口をはさんだものだから、さぁ、大変。奥さんの大きな眼が、亭主を睨みつけたのをアドルフは見た。夕方になった時には、夫婦喧嘩は激しくなり、亭主は家の外をぶらつくことになった。

亭主は、しょんぼりした顔をアドルフに向け、ドアを開けて、薄暗い中庭に出ていった。アドルフは、無言でその後に続いた。

亭主は、極度のネズミ恐怖症であり、抜き足差し足で、庭を歩いた。誰かが一緒についていかなければ、亭主は庭をうろつくこともできなかっただろう。アドルフは、その事をよく知っていたので、ついてきてやったのだ。中庭を少し歩いたところで、アドルフは、

「戻りますね」

と告げて、家の中に引き返した。亭主が外に出てしばらくすると、ガチャという音がした。奥さんが家のカギを閉めてしまったのだ。

（これは、ややこしい事になった）

アドルフは、舌打ちをした。亭主はカギを閉められたことに気付いたのか、玄関のドアの前に来て、

「開けてくれ」

と何度も叫んだ。奥さんは、笑いながら、鼻歌を歌ったり、階段を上り下りしていたが、心配そうに玄関を見つめるアドルフの姿に気付くと、

「開けちゃダメよ、この私が禁じます」

普段は優しい奥さんには似つかわしくない声で、厳命した。

「すまんが、アドルフ、開けてくれ」

「ペトロネッラ（奥さんの名前）、開けてくれ」

かなりの間、哀願の言葉が続いたが、それが途絶えたと思ったら、今度は、

「ペトロネッラ、お前は何もできないくせに」

「俺は偉いんだぞ」

という怒鳴り声が響いた。暫くすると、再び「開けてくれ」との声が、むなしく夜空に響い

た。結局、亭主が家の中に入れたのは、翌日の朝七時、しかも牛乳配達人と一緒にであった。亭主は打ちひしがれたように、背中を丸め、奥さんやアドルフを見ても、無言であった。ただ、哀れな眼だけが、印象に残った。

「奥さん、少しやりすぎじゃありませんか」

朝食の時に、アドルフは奥さんをやんわりとたしなめたが、奥さんは、

「あら、そうかしら」

と言っただけで、意に介していない風だった。

＊

アドルフは、不得意分野の勉強には身が入らなかったが、秋に特別試験を受けに学校に戻ってくれれば、卒業できることになった。

その解放感から、学期が終わると、アドルフは同級生の一人を連れて、農家が経営する居酒屋に入り、ビールを何杯も飲んだ。

「卒業できる」

「偉大な芸術家になるのだ」

「建築にも興味があるんだ」

「しかし、画家もすてがたい」

アドルフは、同級生を前にして、一人で喋りまくった。控えめなその同級生は、苦笑しつつ、黙ってアドルフの話を聞いていた。

アドルフのポケットには、自宅に持ち帰るための、成績表が突っ込まれていた。アドルフは、飲みに飲んだ。軽い頭痛もしたが、ひたすら飲んだ。このようなことは、初めてだった。だんだんと、記憶が薄れ始めた。暗闇が目を覆い、少し寒気がした。

「大丈夫ですか、大丈夫ですか」

肩を揺すり、声をかける者がいる。女性のようだ。眼を薄く開けると、牛乳配達の女が、自分の肩を揺するのが見えた。

「あぁ、良かった」

その女は安堵した顔になり、アドルフから手を離した。辺りを見回すと、既に明るい。居酒屋から少し離れたところの道路であった。酔いつぶれて、道で一晩を過ごしたようだ。同級生の姿は、どこにも見えなかった。放っておかれたのだ。

（あの野郎）

頭痛と怒りで、混乱したアドルフだが、腹が減ったので、とりあえず、チキーニ家に戻ることにした。起こしてくれた女性に礼を言ったアドルフは、服に付いた砂や泥を払い、歩き始めた。チキーニ家に辿りつくと、奥さんが、驚きの声をあげた。

「いったいどうしたの？　アドルフ、そんな格好をして」

砂や泥を払ったつもりでいたのだが、まだまだこびりついていたようだ。

「喧嘩でもしたの？　でもまずは、シャワーを浴びなさい」

奥さんはアドルフにシャワーを勧め、その後に熱いブラックコーヒーを飲ませてくれた。アドルフは、椅子に座り、一息ついた後で、奥さんに事情を話した。話を聞き終わった後で、奥さんは、

「で、アドルフ、あなた成績はどうだったの？」

興味津々に尋ねた。アドルフは、ポケットをまさぐり、成績表を取り出そうとしたが、いくら探っても、紙が出てこない。

「何たることだ！　私は母に成績表を見せないといけないのに」

アドルフは、普段でも青白い顔を、一層青白くして、呟いた。

「成績表を失くしたの？」

「どうやら、そのようです。まぁ、帰りの汽車に乗っている時に、成績表をかざしていたら、風で飛ばされたとでも言えば、何とかなるかと」

「アドルフ、それはいけないわ。それに成績表なら、もう一度もらえると思うわよ。いくらかお金を出しさえすればね。お金はあるの？」

アドルフは、奥さんの顔をじっと見つめて、

「すっからかんです」

と言ったので、奥さんはやれやれといった表情をして、五グルデン（日本円で約一万三千円）を貸してくれた。

「ありがとうございます」

丁寧に礼を言ったアドルフは、すぐさま学校に向かった。学校に行くと、校長室に呼び出された。室に入ると、しかめっ面した校長がデンと椅子に座り、
机にはクシャクシャになった紙が置かれていた。

「これは、何だと思う？」

校長が忌々し気に鋭く聞いたので、アドルフはその紙を手にとってみた。紙は四つに引き裂かれ、手にはベトッと茶色い物がついた。よく見ると、自分の成績表であった。アドルフは、記憶になかったが、酔った勢いで、成績表をトイレットペーパーとして使ってしまっていたのだ。

アドルフは後にこの時のことを思い出して、

「全く惨憺たるものだった。校長が何を言ったかよく覚えていない。ただ恐ろしかった。私は今後二度と酒は飲まない、とはっきり誓った。それは確かに、私が二度と飲酒をしないようにさせるための躾だった。私は清々とした気持ちで家路についた。ただし成績表は、どれも人々を驚かせるようなものではなかったから、全く清々というわけではなかった」

と語っている。

第2章

恋——シュテファニー

一九〇五年九月十六日、アドルフは、シュタイヤーに戻り、試験を受け、合格した。実科学校を何とか修了することができたのである。しかし、成績は良好ではなかったので、上級実科学校への進学はできなかったし、大学受験の資格も得ることはできなかった。何より、アドルフ自身が、進学し学校の授業を受けることに嫌悪感を抱いていた。激しい咳が出るなど、体調もおもわしくなかった。

その頃、母クララはレーオンディングの家を売り、リンツ市のアパートに、娘パウラと妹ヨハンナ・ペルツルと住んでいた。ヨハンナは、元来、猫背で精神にも異常をきたしていたが、これまでも、クララの家事を手伝いに、よく家に来てくれていた。

このリンツの新居に、アドルフも住むことになった。アドルフは小部屋を独り占めし、母や妹らは居間で眠りについていた。買い物や掃除などの家事は、母や叔母に任せきりだった。職に就くこともなかった。

このような状態をみかねたのが、先妻の子・アンゲラの夫レオ・ラウバルだった。ラウバルは税収吏、つまり公務員だった。

「アドルフを職に就かせるべきだ」

ラウバルは、クララとアドルフの前で、深刻な顔をして言った。ある時などは、

「お義母さん(クララ)は、アドルフを甘やかし過ぎる。何でも買い与えて。そこにあるグラン

ドピアノだって、お義母さんがアドルフにねだられて買ったものでしょう。音楽レッスンの謝礼もお義母さんが出しているとか。何か月か前のアドルフのウィーン旅行の費用も、お義母さんが全て出したと聞きましたよ。アドルフは、リンツの劇場に足繁く通っているそうだが、劇場のチケットも、どうせ、お義母さんのお金で買ったものでしょう。アドルフが今、着ている黒いオーバーだって、買ってあげたものでしょう。そうそう、ヨハンナさんも、アドルフに小遣いをやってましたよね。先日、見ましたよ」

ラウバルは、ヨハンナの方をチラリと見たが、ヨハンナは椅子に座り、ニコニコしているだけで、思いつめた様子などない。ラウバルは、再びクララとアドルフの方を交互に見つつ、

「お義父さんが生きていたら、どんなにか嘆いたことか」

と言った後に、居間の壁に飾られてあるアロイスの写真のほうを向いた。クララが何かを言おうとした時、急にアドルフは椅子から立ち上がり、

「ほっといてくれよ。あんたには関係ないだろ」

ラウバルを指さして逆上した。

「アドルフ、私はお前のためを思って……」

眉間に皺を寄せて、ラウバルは言ったが、言葉を聞き終わらぬうちに、アドルフは象牙のついた黒檀のステッキと黒い帽子を取り上げて、家の外へと飛び出していった。クララはアドル

フを追いかけようとしたが、

「お義母さん、追いかけちゃだめだ。甘やかしちゃダメだよ、アドルフを」

とのラウバルの忠告に従い、着席すると大きなため息をついた。

アドルフは、足早に歩き、息をきらせた。路上で立ち止まり、オーバーのポケットから、黒色の手袋を取り出しつけると、再び歩き出す。リンツの州立劇場に向かうのだ。オペラ「真夏の夜の夢」を観賞するために。

アドルフは十二歳の時に初めて劇場で「ウィルヘルム・テル」を見て、その二・三か月後にリヒャルト・ワーグナーのオペラ「ローエングリン」を観賞していた。それ以来、アドルフは舞台やオペラに、いやワーグナーという今は亡き作曲家にほれ込んだ。何度も何度もワーグナーの作品を見聞きする「信者」と化していた。

アドルフが劇場に近付くにつれ、路上の人の数も増えてきた。居酒屋では、労働者が酒を片手に仲間と談笑している。日暮れ時となったので、あらゆる階層の者が散歩に出ていた。馬車の数も増してきた。アドルフは、キョロキョロと辺りを見回した。

(まだ来ていないようだ)

アドルフは暫く、居酒屋の前で辺りを見ていたが、待ち人が時間通りに来ないと分かると、店前から離れた。

「しょうがない奴だ」

ブツブツ呟きつつ、アドルフは歩を進めた。アドルフが歩みを止めたのは、一軒の家具製造・修理店だった。店の中に入ると、一人の青年が、布製のソファーを懸命に直していた。側には、直しかけのクッションやベッドが置いてあり、店のなかは埃だらけである。追い込み時なのか、青年はアドルフが入ってきたことに気付かず、ソファーと格闘していた。

「グストル」

アドルフはその青年に向かって呼びかけた。グストルと呼ばれた青年の名は、アウグスト・クビツェクという。グストルは愛称である。年はアドルフより、一つ上である。クビツェクは、アドルフの来訪にやっと気が付いたようで、あっというような顔をしてから、

「ごめん、ドルフィ(アドルフの愛称)。約束の時間に遅れて。見ての通り、急な仕事が入ってね。悪いが、もう少しそこで待っててくれ」

と近くに置いてある椅子を指さした。

「うん、開演までには、まだ時間があるから良いが、早くしてくれよ」

アドルフは、イライラした口調で、ステッキをブンブン振り回した。

アドルフとクビツェクは、数週間前にリンツの劇場で出会った。アドルフは一階の立見席にある木の円柱にもたれかかって、オペラをよく見ていたのだが、その隣にいたのがクビツェク。

後で聞くと、クビツェクも円柱にもたれて劇をみたかったのだが、いつもアドルフに先を越されていたという。清潔感ある服装で、キラキラした眼で舞台を見るアドルフを見て、クビツェクも親しみが湧いたのだろう、いつしか二人は休憩時間に話し合うようになった。配役の不満、音楽のこと、ワーグナー……意気投合した二人は、誘い合わせてオペラを見に行くようになったのだ。

クビツェクは急いで仕事を終わらせ、アドルフのところに駆けつけた。アドルフは不機嫌そうに、椅子にも座らずに、ステッキを振り回している。二人は劇場に向けて歩き出すが、途上、クビツェクは、かねてから疑問に思っていたことをアドルフに尋ねた。

「ドルフィ、君は時間をかなり自由に使えるんだね。どこに勤めているの？」

この言葉を聞いたアドルフは、クビツェクの方を一度も見ずに、

「とんでもない。自分には特定の職業、いや、パンのための仕事など必要ないのさ」

無愛想に答えた。それ以上聞くなと言わんばかりの態度に、クビツェクは話題を変えた。

「学校には行っていないの？」

アドルフの眉がピクリと動いた。

「学校だって？」

アドルフは突然、甲高い声を上げて、次のようにまくしたてた。

「学校などとは、もう金輪際、関わりたくない。教授も嫌いだし、同級生の奴らも嫌いだ。あいつらは、学校で、ろくでもない人間に教育されるだけだ。哀れなものだよ」

アドルフがなぜ怒り出したのか理解できないクビツェクは、これ以上、怒らせてはまずいと思い、

「あぁ、僕も実は学校はそんなに好きではなかったよ。成績も悪かったしね」

話を合わせた。しかしアドルフは、

「成績が悪かったのか。それはいかんな」

自分のことを棚に上げて、不満気に言った。アドルフは、喫茶店の前を通り過ぎた時も、窓ガラスの向こうで、楽し気に話している若者やカップルをチラリと見て、

「あいつらは何だ。あんなところで、無駄に時間を過ごして。馬鹿な奴らだ」

といきり立った。芸術家になるという大志はあるものの、将来の見通しがたたないアドルフの心中には、不安と不満がない交ぜになっていた。それを見境なく、他人にぶつけた。

「やぁ、ヒトラーじゃないか。ヒトラーだろ」

喫茶店を通り過ぎたところで、親しげに語りかけてきた男がいた。身なりも悪くないその男性は、アドルフに近付いてきて、アドルフの上着の袖に手を置き、

「お久しぶり、元気かい？」

と気持ちを込めて挨拶した。アドルフは、その男の顔を少し眺めていたが、しばらくすると、

「私が元気かどうかなんて、お前なんかに関係ない！」

怒髪、天を衝く顔となり、男を突き飛ばした。そして、倒れている男の方には一瞥もせず、
アドルフはクビツェクの腕をつかみ、スタスタと歩き出した。

「おい、ドルフィ、どうしたんだ。知り合いじゃないのか。もしかして、学校の同級生じゃないのか？」

クビツェクは倒れている男の方を振り返りつつ、尋ねた。男は実科学校の同級生だったが、
アドルフは顔を真っ赤にして、

「そうさ。あいつらが皆、将来の国の公僕なんだ！　あんな奴らと同じクラスに僕は座っていたんだ！」

と怒鳴った。

「役人などは、くだらんよ」

ともアドルフは言った。その日のアドルフは、役人になれと迫った父親のこと、そして田舎出のアドルフを見下した同級生のことが頭に浮かんで消えなかった。舞台を見ていても、父や同級生の顔が脳裏に浮かんで、集中できなかった。

舞台を見終わった後、二人はリンツ市内をよく歩き回った。アドルフは、人がごったがえし

ている場所よりも、静かな場所を好んだ、例えば、風が森の匂いを運んでくるような場所を。

　ワーグナーのオペラ「リエンツィ」──ローマの護民官・リエンツィの栄枯盛衰の物語──を二人で観劇した後などは、アドルフは何も言わず、クビツェクを小高い丘の上まで連れて行き、熱に浮かされたような目をして、突然、クビツェクの両手を握りしめた。アドルフは口から言葉を出そうとしているが、いつものように、スラスラと出てこない。素晴らしいオペラを観た感激の余り、言葉が渦を巻いているのだろう。

「人民の指導者として迎えられ、貴族の暴政から民衆を解放し、称賛を浴びるも、最後には民衆にも裏切られ、犠牲となって死ぬ護民官。人民を解放に導く使命、そのような使命を果たすことは、何と高貴なことか」

　民衆を解放に導けという呼び声が、私には聞こえる、アドルフはクビツェクに語った。人里離れた丘の上には、星がきらめいていた。町へ下りると、朝の三時の鐘が鳴り、二人は立ち止まった。アドルフは、また丘の方に戻ろうとした。

「どこに行くんだい？」

　クビツェクが尋ねると、アドルフは、

「独りになりたいんだ」

　と言い、暗闇に姿を消した。アドルフにもクビツェクにも一生消えることのない想い出の一夜であった。

普段の散歩の時には、アドルフがひたすら喋った。クビツェクは、その話を頷いて聞いていることが多かった。控えめな性格というのもあるし、アドルフも黙って自分の話を聞いてくれる友人を待ち望んでいた。

「僕は全生涯を芸術に捧げようと決めたんだ。だから、パンのための仕事など、つまらんね。なのに、大人たちは、あいつらが決めた奇妙な意見や価値観で、僕の邪魔をするんだ。義兄もそうさ、父もそうだった。学校の教師もね。大半の教師はつまらんね。でも、リンツの実科学校で歴史の授業をされたレオポルト・ペッチェ教授は別だった。教授は、見事な弁舌で私たち学生を魅了し、感激させた。白髪の教授は、表現の炎でしばし現在を忘れさせ、私たちを魔法にかけて過去の時代に連れ戻し、数千年の霧のベールを払いのけて、ひからびた歴史の記憶を生き生きとした現実に変えたんだ。時には涙が出るほど感激して、教室に座っていたよ」

「へぇ、そんな凄い歴史の先生がいたんだね」

クビツェクは、低いがよく透る声で話すアドルフの言葉を頷きながら、聞いた。感動した時の話をするアドルフの眼は輝き、クビツェクはその青い瞳に引き込まれそうだった。アドルフの話は、時にジェスチャーを交えて語られた。片手を上に突き上げたり、手を横に突き出したりして。

アドルフの話は、美術館の拡張や、リンツの地下鉄駅の建設にまで及んだ。その時、それまで黙っていたクビツェクが口を挟んだ。

「美術館の拡張か。それは素晴らしいが、ドルフィは、そのプロジェクトの実現をどう考えているんだい？　どこから資金を得るのさ。僕たちは貧しい若造に過ぎないじゃないか」

すると、アドルフはクビツェクを睨みつけ、それ以上喋るなというように、手のひらを前に突き出した。アドルフがクビツェクの疑問に答えることはなかったし、クビツェクもアドルフの性格を知っていたので、深追いはしなかった。そして二人の関係は続き、二年が経った。

＊

一九〇七年の初夏、散歩するアドルフとクビツェクの眼に、すらりと背の高いブロンドの少女の姿が飛び込んできた。少女は母親らしき女性と腕を組んで歩いている。夕方の散歩の時に、よくみかける少女であった。アドルフは、その少女を何度か見てきたが、見る度に、胸の鼓動が高まってくることに気付いた。明るく表情豊かな顔、豊かなブロンドの髪、美しい目……恵まれた家庭の子女であることは疑いないだろう。

（僕はあの子が好きなのか）

アドルフはこれまで幾度か自問自答し、

（好きだ）

ということを今、確信した。アドルフは、クビツェクの腕を激しく掴み、

「そこの街道を歩く、あのほっそりしたブロンドの少女をどう思うか？」

と鼻を膨らまして聞いた。急なことに戸惑ったクビツェクだが、

「可愛い子じゃないか」

アドルフの興奮した顔を見て答えた。

「僕は彼女が好きなんだ！」

低く、しかし力強い声で、アドルフは断言した。これまでの行動を思い起こすと、少女は毎日夕方五時頃にリンツの旧市街の商店街を母親と散歩することが分かった。アドルフの「好きだ」という宣言以降、アドルフとクビツェクは、その時間になると、中央広場入口の狭い商店街に立ち、ブロンドの少女を待った。

アドルフは、少女が近付いてきた時、じっと少女の方を見た。自分の存在に気が付いてほしかったからだ。しかし、なかなか目も合わせてくれない。話しかけることもできない。母親が一緒だし、勇気がいることだから。それでも、時には、目で軽く挨拶してくれることはあった。そして、ある日などは、微笑みを返してくれたこともあった。そのような時、アドルフは有頂

天になり、クビツェクに抱きつかんばかりに喜んだ。

「おい、見たろう？　彼女は僕が好きなんだ。彼女はまるで、オペラ・ローエングリンに登場する公女エルザのようだ。彼女には音楽の才能があるだろうか。エルザ役に合う声をしているだろうか」

アドルフの妄想は膨らむ。アドルフは少女のために多くの愛の詩を書いた。黒い装幀の手帳のようなものに詩は書きとめられ、クビツェクの前で朗読された。「恋人への賛歌」と題されたその詩の中で、少女は、花が満開の草原を白い馬に乗って駆け抜ける城主の姫君として登場していた。

空想に浸るアドルフに水をさすような出来事も起こった。少女が歩いている時に、彼女に話しかけてくる若い将校たちがいたのだ。その将校たちは、アドルフのように青白く痩せてはおらず、逞しい体をして快活そうだ。

「奴は誰だ！　なぜ彼女に話しかけているのだ」

笑顔で談笑する少女と将校を見て、アドルフの心に火がついた。しかし、少女に話しかけるのではなく、クビツェクに延々と将校の悪口を連呼した。

「自惚れた間抜けどもめ。香水をつけたあんな怠け者どもが、彼女と付き合うなど気に入らない」

そう言いつつも、アドルフは、一度も少女に声をかけようとはしなかった。クビツェクには、

「いつの日か、僕が彼女の前に立てばそれで十分さ。その先のことは全て、一言も互いに言葉を交わさずに明らかになるだろう。僕と彼女のような特別な人間には、言葉による伝達は必要ない。非凡な人間は互いに直感によって理解しあえるのだよ。彼女は僕の将来の計画を正確に知っているし、芸術についても興味を持っているだろう」

と繰り返していた。クビツェクは、アドルフが内心の不安を打ち消すように語るのを聞いて、少し心配になり、

「彼女にはまだ何も話してないじゃないか。そもそも彼女がそんなことに本当に関心を持っているかどうか」

諭すように語りかけた。アドルフはキッとクビツェクを睨みつけて、

「非凡な愛の意味が君には分かっていない。だからそんなことを言うのだ。彼女は僕の妻になってほしいと僕が頼みに来るのを待つ以外、何の望みも持っていないんだ」

と怒鳴りつけた。

「彼女に、これからも視線だけで物事を伝えていくのかい？　それで良いのかい？」

クビツェクは眉をひそめた。

「あぁ、可能だ。でもそれは詳しく説明はできない。僕の心にあることは全て彼女の心にもあ

るのだ」

自信に満ちた声で、アドルフは胸をはった。やれやれとクビツェクは思ったが、これほどまでに恋の話を打ち明けてくれたアドルフに同時に好感も抱いた。視線だけで想いを伝えると豪語したアドルフだが、不安になる日もあるようで、

「僕はどうしたら良いだろう？」

クビツェクに珍しく意見を求めることがあった。クビツェクは、「よし、きたか」と思い、かねてからの持論をこの時とばかりに披露した。

「簡単な話さ。君は挨拶して歩みより、まずは彼女のママに自己紹介する。その後、帽子をとって名前を告げ、彼女に話しかけたり、二人に同行して良いか頼むのさ」

得意気に話すクビツェクの言葉をアドルフは、眼を細めて聞いていたが、

「ダメだ！　もし、ママが僕の職業を尋ねたらどうする？　自己紹介の時は、僕の職業を言わなければいけない。アドルフ・ヒトラー、画家です、と言えればそれで良いが、でも僕はまだ画家じゃない。まず、そうならなくちゃ。そうすれば自己紹介ができる。ママは僕の名前より、職業の方が気にかかるだろうから」

と将来についての展望を語り始めた。

「ウィーンの美術アカデミーで学び、画家になる。そして数年後には彼女に求婚する」

アドルフは、キラキラした眼でクビツェクに夢を語った。そして最後に、

「グストル、お願いだ。彼女について調べてくれないか。何でも良い、彼女について」

と付け加えた。最後の言葉を聞いた時、クビツェクは正直、

(何で私が)

と心の中で呟いたが、アドルフの希望に満ち溢れた顔を見ていると、無下にするわけにはいかない。よしと腹を決めたクビツェクは、

「分かったよ」

とアドルフに答えた。アドルフはクビツェクの両手をとり、

「ありがとう」

と涙を流さんばかりに喜んだ。クビツェクは父の仕事を手伝うかたわら、音楽家を志望し、バイオリンの教育を受けていたが、音楽協会で、彼女の兄と知り合いだというチェロ奏者に出会うことができた。チェロ奏者に聞いたところ、彼女の名は、シュテファニー。父親は高級官吏であったが今は既に亡く、家族は遺族年金で不自由ない生活をしていた。シュテファニーは、アドルフより二歳年上であった。

何よりも重要なことは、彼女に婚約者はいないということだった。知りえた話をクビツェクはアドルフに伝えた。アドルフは情報に満足し、彼女に婚約者がいないことも、さも当然と

いった風な態度を示した。ただ、シュテファニーがダンス好きということが、アドルフには意外だったようで、面食らった。アドルフは、酒も煙草も、そしてダンスも嗜まなかった。むしろ毛嫌いしていた。

「アドルフ、君はダンスを習うべきだ」

クビツェクは、アドルフの性格を知っていたが、薄笑いを浮かべて、肘で腰をつついた。

「いやだ、いやだ、絶対ごめんだ。僕はダンスはしない。シュテファニーは彼女が依存している社交界が彼女に強制するから、仕方なく踊っているんだ。彼女が僕の妻になれば、彼女はほんの少しも踊る必要はなくなるんだ」

子供のような駄々をアドルフはこねた。それでも、アドルフはダンスを習うかどうか悩んだ。しばらくして、クビツェクにアドルフが語りかけた時、クビツェクはアドルフが観念して、ダンスを習うことを表明するのかと思った。しかし、アドルフが語り始めたことは案に相違して、

「シュテファニーを誘拐する」

ということだった。誘拐という言葉を聞いた時、クビツェクは頭がクラクラしたが、すぐに気を取り直して、

「彼女を誘拐して、それで君たち二人はどうやって食べていくの？」

冷淡に問いかけた。クビツェクのこの言葉で、アドルフは熱い頭が冷めたようで、結局、誘拐計画は取りやめになった。この頃、相変わらず、アドルフはシュテファニーを路上で待ち受け、愛の視線を送っていたが、シュテファニーが顔をそらして通り過ぎることがあった。そういった時、アドルフは絶望の淵に沈み、

「もう我慢がならない。もう沢山だ。けりをつけよう」

とクビツェクの前で叫び出し、挙句の果てには、

「橋の手すりを乗り越えて、ドナウ川に飛び込むつもりだ。これで全てが終わる。しかし、シュテファニーも一緒に死ななければならない」

と言い出す始末。この心中計画も、数日後にシュテファニーが微笑みかけてくれたことで、実行に移されることはなかった。クビツェクはほっと胸をなでおろした。

第３章

帝都――ウィーン

アドルフはシュテファニーのことで思い悩む日々を送っていたが、もう一つ彼の心をかき乱すことがあった。母クララの病である。一九〇六年一月、クララは医師の診察を受けた。胸の痛みが酷く、夜も眠れないほどだったからだ。クララを診たのは、地元で「貧乏人を救う医者」と呼ばれていたエドゥアルド・ブロッホ、ユダヤ人の医者であった。ブロッホはクララを診た翌日、アドルフとパウラを病院の診察室に呼び出した。白衣を着た小太りの医師は、二人を椅子に座らせた後、気の毒そうに、こう告げた。

「落ち着いて聞いてください。昨日、あなた達のお母さんを診ました。すると胸部に腫瘍が出来ていたんです。病状はかなり悪化しています。この事は、クララさんにはまだ伝えていないのだが」

胸部に腫瘍という言葉が告げられた時、アドルフの面長な顔は歪んだ。眼には涙が溢れた。

「母は助からないのでしょうか」

ゆっくりと息を吐きだすように、アドルフは聞いた。ブロッホは、血色の悪いアドルフの顔を辛そうに眺めながら、

「重症ではあるが、手術をすれば助かるかもしれん」

と言った。

「手術をすれば治るかもしれないんですね」

アドルフは念を押すように、縋るように、ブロッホの眼を見た。ブロッホは頷くしかなかった。

クララはリンツ市内の慈悲友の会修道女病院に入院し、手術を受けることになった。一月十八日、手術はカール・ウルバン医師によって行われ、クララの片方の乳房は切除された。十七日間の入院後、退院。

当時、アドルフらが住んでいたフンボルト通りのアパートは三階で病人が昇り降りするのは一苦労であった。そこで、一家は一九〇七年五月、ドナウ川を渡ったウアファール地区にある二階建ての家の二階に引越した。市中心部のフンボルト通りのアパートに比べて、かなり静かな環境である。

クララが病になっても、アドルフの生活は変わらなかった。特定の職業に就くことはなく、朝は遅くまで寝て、日中は本を乱読するか、絵や建物の設計図を描いたりした。そして夕方になると出かけて、クビツェクと舞台を観たり、散歩に精を出すのであった。

アドルフの生活スタイルは、近所の人も心配したようで、階下に住む郵便局長の妻などは、「アドルフさん、郵便局に勤めるのはどう?」

本人に直接、就職を勧めることもあったが、当の本人は、

「私はいつか偉大な芸術家になるのです」

と真剣な顔で答えるばかり。

「でも、芸術家になるのは大変よ。コネやお金だっているでしょうし。大丈夫なの？」

「ハンス・マカルト（十九世紀のオーストリアの画家）も、ルーベンス（バロック期のフランドルの画家）も、貧困の中から這い上がったのです」

力強く言い切ったアドルフだが、内心は不安に満ち溢れていた。いつまでも、このような生活が送れると思っているわけでもない。母の病も心配だ。でも、額に汗して働くことには嫌悪感がある。人付き合いも苦手だ。とは言え、こんなことではいけない。行動しなければ！　どうする？　ウィーンの美術アカデミーに入学し、絵を学び画家になる。そうなれば、母も喜んでくれるに違いない。

「母さん、ウィーンで絵を学びたいのです。そして画家になる。でも、そのためには、お金が必要なのです。お願いです、僕をウィーンに行かせてください」

頭を下げるアドルフを見て、クララは困惑したような、でもそれでいて、喜ばしいような顔をして、呟くように言った。

「私は正直言って心配だけど、アドルフがそこまで言うなら」

アドルフは遺産の分け前、七百クローネを銀行から引き出し、ウィーンに旅立つことになった。これだけあれば、一年間はウィーンで暮らしていける。

「明日、ウィーンに立つ！　出来れば、駅まで一緒に行ってほしい」

アドルフがクビツェクにウィーン行きを告げる。アドルフの顔は、希望に満ち溢れていた、眼は輝いていた。

クビツェクは、療養所のマットレス製作のために、大わらわであったが、仕事を休んで、友の門出を見送ることにした。

「いいよ、鞄を運ぶのを手伝うよ。いよいよ、夢への第一歩だね」

アドルフは母には、駅まで付いてきてほしくはなかった。駅での別れの瞬間は、余りにせつなく涙を流してしまいかねないからだ。そうしたところを、他人に見られることを、アドルフは嫌がった。アドルフは、お気に入りの本、書きためた絵をギュウギュウに鞄に詰め込み、駅へと向かうことになった。朝、クビツェクが家に迎えに来てくれた。クビツェクは、クララに挨拶すると、

「僕も持つよ」

と言って、アドルフの重たい鞄を手にした。クララは既に涙を流し、パウラも胸がいっぱいというように、しくしく泣いている。アドルフの眼にも、うっすらと涙がにじみ出た。

「行ってくるよ」

アドルフは家族に言うと、急ぐように自宅を離れた。駅までは、路面電車で向かった。

「ウィーンに着いたら、手紙をくれよな」

「あぁ、手紙を出すよ。私がいなくても、たまには家に来てくれよ。母さんも喜ぶから。そうそう、シュテファニーのこともよろしく」

沈黙を恐れるかのように、二人は喋った。駅に着いた、いよいよ別れの瞬間だ。

「また、すぐに会えるさ」

アドルフは、手を差し出した。クビツェクはアドルフの綺麗な手を握りしめた。アドルフは、列車のなかに消える。一九〇七年九月のことであった。

*

アドルフにとっては、約一年ぶりのウィーンである。一九〇六年の五月、アドルフは一ヶ月ほど、ウィーンに滞在し、名所を見てまわった。宮廷オペラ劇場(現在の国立オペラ劇場)、国会議事堂、美術史博物館、英雄広場、そして美術アカデミー。

(ここに、僕は入るんだ)

アドルフは、美術アカデミーの豪壮な建物を見上げて思ったものだ。それが、もうすぐ実現するのだ。しかし先ずは、住む場所を探さねばならない。アドルフが、駅の周辺をブラブラしていると、一枚のビラが壁に貼り付けてあった。

（部屋貸します　ウィーン西駅近くシュトゥンパー小路三十一番、部屋代は月10クローネ）

（これだ）

アドルフは、すぐさまシュトゥンパー小路に向かった。ちなみに、十クローネは日本円で約一万三千円である。部屋は、ポーランド人のマリーア・ザクライス夫人が又貸しするもので、部屋の広さは十平方メートル。悪くないと思ったアドルフは、この部屋に住むことにした。

いよいよ美術アカデミーの受験である。ウィーン美術アカデミーは、当時は帝国美術アカデミーとも呼ばれ、一六九二年に宮廷画家によって創設されたもので、伝統と権威ある教育機関であった。

「絶対、受かる。この私が落ちるはずはない」

これまでのスケッチを部屋で見ながら、アドルフは独り言ちた。スケッチの殆どは、建築物を描いたものだった。同月、ウィーン市シラー広場にある美術アカデミーで試験は行われた。受験応募者は、百数十名。一次試験は、与えられたテーマの中から、制限時間内に絵を描きあげるもの。この一次試験で受験生の約三十％が不合格となったが、アドルフは合格した。

（当然だ）

アドルフは更に自信を深めた。美術アカデミーでの輝かしい未来が自分を待っている。一次試験は、持参した作品を提出し、審査されるというものだった。

（まだか、まだか）

イライラして部屋を歩き回りながら、アドルフは合格の報せを待った。だが、やってきたのは、不合格の報せであった。

（嘘だろう、嘘だ。何かの間違いだ）

慌てふためいてアドルフは、美術アカデミーの校長のもとに走った。自己紹介をしてから、アドルフは、

「私はなぜ不合格なのですか。理由を教えていただきたいのです」

滲んだ汗を拭いつつ、声高に問うた。校長は、アドルフが書いたスケッチを椅子に座り眺めながら、

「あなたは、画家に向いていない」

冷酷にも断言した。アドルフは、身体に電流が走ったように感じ、立ったまま、呆然として校長を見つめている。

校長はその様子を見て、可哀そうに思ったのか、低めの声で、

「しかし、あなたには、建築に関する能力がある、それははっきりしています。提出されたスケッチも建築物ばかりです。人物画が余りに少ない。それも不合格の理由の一つです。あなた

は、建築の方面に進まれたらどうでしょう、いや、進むべきだ」

と言うと、立ち上がり、アドルフの肩をたたいた。

「私はこれまで、建築の授業を受けたことさえありません。建築学校に通ったこともないのです」

アドルフは弱々しく話した後に、校長の顔を睨んだが、

「本当かね、信じられんな」

と校長は言うのみで、それ以上、相手にしてくれなかった。アドルフはうなだれて、校長室を出て、美術アカデミーの前から去った。

（なぜだ、なぜだ、なぜだ……）

アドルフは絶望の淵に沈んだが、その一方で、建築という言葉がアドルフの脳裏を占めつつあった。そして、数日後には、

（私は将来、建築士になる）

との決意を固めた。とは言え、アドルフの建築士への道は険しい。美術アカデミーの建築科への入学は、建築学科の卒業を前提としていたし、大学入学資格も取得していなければならなかったからだ。実科学校の勉強をさぼってきたツケが今になってまわってきたのだ。アドルフは、ため息をつきつつ、部屋のなかを独り、行ったり来たりしていた。アドルフは後に苦難の

日々を回顧し、次のように語っている。

「困窮の女神が私を抱きしめ、破滅させようと脅かしたことで、抵抗の意志が育ち、ついには意志が勝利した」

＊

アドルフは、不合格になったことを、母にも友にも知らせなかった。不合格という現実を、皆に報せることは、アドルフのプライドが引き裂かれるし、何より母を失望させるであろう。ウィーンの街をさまよい歩くアドルフは、オペラ鑑賞や、カフェでの読書、建築物を眺めることで、現実から目を逸らしていた。

アドルフから手紙の一つもないことを心配したクビツェクは、アドルフの実家を訪ねてみた。来訪を告げると、クララ自らドアを開けて、

「クビツェクさん、よく来てくださいました」

と優しい笑みを浮かべて歓迎してくれた。

「アドルフから、何か便りはありましたか？　私にはまだ何も言ってきていません」

クララは、待ち焦がれたように、玄関口でクビツェクに尋ねた。クビツェクは、

「いえ、僕にもアドルフからの便りはありません」

と答えたが、心の中では、

（もしかして、アドルフ、試験に落ちたのか）

との想いを深めた。アドルフの性格からしたら、合格したならば、喜び勇んで便りを寄越すはずだ。

「どうぞ、そこに座ってね」

クララはクビツェクに椅子に座るように勧めつつ、

「アドルフは大急ぎでウィーンに行きましたが、それで何になるんでしょう。相続したお金を節約して使う代わりに、無駄遣いすることになるのに。絵を描いたって、何にもならない、何の儲けにもならないわ。私だって、これ以上、彼を助けることはできない。私にはまだ小さいパウラがいるし。パウラもこれからは何かきちんとしたことを習わないといけない。でも、アドルフはそんなこと考えてもいないわ。あの子は、この世に自分が一人でいるみたいに自分の道を進んでいく。私は彼が自立した人間になるのを、もう見られないでしょう。あの子は父親と同じ石頭だから」

控えめで、落ち着いたクララにしては珍しく、他人のクビツェクに対して、本音をむき出しにして語った。クララの美しかった顔には、すでに深い皺が刻まれ、声はかすれ、疲れ果てた老人のようであった。クビツェクは何とも言えない悲しい気分に陥って、しばらく話してから、家を出た。クララとの対話から、数週間経った頃になって、クビツェクのもとにアドルフから手紙がきた。しかしその手紙は、素っ気ないもので、簡潔に住所を記しただけのものだった。クビツェクは、アドルフが美術アカデミーの試験を不合格になったという予想を確信に変えた。

その後、クビツェクは、農婦が卵や野菜を売る市場で、クララとばったり出会うことがあったが、その時には、

「アドルフは元気ですよ」

と嬉しそうに話していたので、アドルフは母親にも何らかの手紙は出したに違いない。もちろん、不合格のことは伏せていたはずだが。クララは、

「彼が何を勉強しているか、それが分かればねぇ。残念だけど、それについては何も書いていないのよ。でも、アドルフはとても忙しそうね」

とも語った。クビツェクが、クララに体調を尋ねると、

「全くよくないの。酷い痛みで、夜も眠れないの。でもその事は、アドルフには知らせたくないわ。クビツェクさん、またいつでも家に遊びに来てね」

クララは疲れた体を励ますように、明るく振舞った。

しかしひと月ほど後、クビツェクがクララのもとを訪問すると、すでにクララは立ち上がる

元気もないようで、ベットに横たわっていた。顔は青白く、生気はない。クビツェクはその様子に驚いて、

「アドルフに、病状を知らせましたか？」

とクララに聞いた。しかし、クララは、かぶりを振ったので、クビツェクは、

「骨が折れるなら、私が代わりに手紙を書きますよ」

急がなければという調子で言って、席を立とうとした。ところが、クララは、

「いけないわ」

とクビツェクを制止した。私の病状を知らせたら、アドルフは必ず戻ってくる、それはアドルフの努力に水をさすことになると言うのである。クビツェクは、それでも、

「アドルフには知らせるべきです」

何度もクララに説いて聞かせたので、ついにクララも折れて、承知した。

＊

母クララの病状が思わしくないとの知らせは、母からではなく、近所に住む郵便局長の妻からの手紙でアドルフにもたらされた。クララが代筆を依頼したのだ。アドルフは、母の病が進

行していることを知って、驚愕し、十一月、リンツの実家に戻った。

（母は私が面倒を見る）

との一つの覚悟を持って。久しぶりに母と向き合ったアドルフは、母のやせ衰えた姿を見て、ショックを受け、その足で、ユダヤ人医師のブロッホのもとを訪れた。ブロッホは、クララの命を救うには、思い切った治療――患部に大量のヨードフォルムを塗る――が必要であること、しかしそのためには、高額の治療費が必要なこと、それでもクララが完治する見込みは薄いことなどを、アドルフに説明した。アドルフは青ざめた顔で、その説明を聞いていたが、

「母を治療してください。お金はもちろん払いますが、治療費は後払いで、ヨードフォルムの代金だけを先に払うということでもよろしいでしょうか」

と医師に懇願。後払いの了承を得たうえで、クビツェクの実家に向かった。クビツェクの仕事場に着くと、彼はマットレスを詰める作業を懸命にやっていた。アドルフはその姿をしばらく見ていたが、程なく、クビツェクのほうがアドルフに気付いた。クビツェクは、眼がうつろで、青白い顔のアドルフに驚いた様子であったが、それを見ても、アドルフは何も言わない。シュテファニーについての質問も、ウィーン生活についての話もなく、呆然としている。

「治らないと医者が言っている」

絞り出すように、アドルフが発した第一声はその言葉であった。クビツェクはすぐにクララ

のことだと感じたが、どう言葉をかけてよいか迷い、何も言えずにいた。すると、アドルフの眼に急に力強さが宿り、

「治らない、どういう意味なんだ。病気が治らないのではなく、ただ医者が治せないだけなんだ。母はまだ四十七だ、死ぬ歳じゃない。でも、医者は自分たちの知恵が尽きるとすぐに治らないという。僕の母がもっと進歩した未来の時代に生きて、同じ病気にかかっていたら、治せただろうに」

　医者への憤りと、後悔の念を噴出させた。クビツェクは、

「僕に何かできることはないかい？」

と怒りに燃えているアドルフに聞いたが、アドルフはその言葉をうわの空で聞いているらしく、何も答えない。突然、

「僕は母の家事をするために、リンツにとどまる」

と冷静な口調で言っただけだった。クビツェクは、アドルフが家事をろくにしたことがないのを知っていたので、失礼だとは思ったが、

「君に出来るのか」

と尋ねると、アドルフは怒る様子もなく、単に、

「しなければならない時は、何でもできるものさ」

と、静かに答えた。クビツェクは、その後アドルフの家の前まで付いてきた。おそらく、アドルフからシュテファニーについての話があるだろうと思ったからだが、アドルフは彼女の話を一言も出さなかった。母の看病のことで頭がいっぱいだったのだ。

アドルフの家事をするとの決意は、本物だった。彼は、家に着いたその日から、仕事用の青い前掛けをかけ、床に膝をついて、台所の床を磨いた。母のベッドを台所に移した。台所は一日中、暖房がきいているので、クララの体に良いと思ったからだ。アドルフは台所の食器棚を居間に移動させ、空いたスペースに背もたれのないソファーを置き、そこで寝起きした。母の看護がすぐにできるからだ。料理もした。クララに食べたいものを聞き、好物を料理した。

クビツェクも、アドルフの今までにない姿を見て、心底驚いた。口を開けて驚く、クビツェクの顔を見て、クララは、

「ほら、あなたもお分かりでしょう。あのアドルフが何でも出来ることを」

心の底から嬉しそうに微笑んだ。普段のアドルフではない、別人がそこにはいた。我を張って、我がままを言うこともなければ、不機嫌に怒鳴ることもない、無愛想な態度をとることもなかった。ただ、母のために、それのみを念じて過ごすアドルフであった。

一度だけ、クビツェクにシュテファニーのことを尋ねたことはあったが、以前のように、熱烈な感情というものは、今はなかった。クビツェクは、シュテファニーに変わった様子がない

ことを告げた。アドルフは少し安心して微笑した。アドルフは、家庭のことは全て切り盛りした。妹パウラの成績が悪いときは、彼女を叱り、クララの前で、勤勉な生徒になることを誓わせた。アドルフから見ても、クララの病状は悪化していた。眼は落ちくぼみ、口もとはひきつる……だが、クララは苦痛に耐え、泣き言一つ言わなかった。クビツェクが実家を訪問した時、アドルフは眼で、

（すぐに帰ってくれ）

と合図を送るほど、クララの容態は悪くなった。クビツェクが察して帰ろうとすると、クララがかぼそい声で、

「グストルさん、わたしがいなくなっても、うちの息子とは仲良くしてね。彼にはあなたの他に誰もいないのよ」

と言い、手を差し出した。クビツェクはその手をそっと握った。窓の外を見ると、雪が降っていた。クリスマスが数日後に迫っていた。街はお祭り気分で、道ゆく人々は、うきうきした顔をしている。

「母さん、もうすぐクリスマスだよ」

アドルフは、母の顔を見て言った。クララは静かに頷くと、深い眠りについた。一九〇七年十二月二十二日深夜、灯のともったクリスマスツリーのなかで、クララは息をひきとった。四

十七歳という若さであった。クララの最後の願いは、レーオンディングの夫の側に埋葬してほしいということだった。

「母さんが亡くなった」

アドルフは、クビツェクの家に行き、そのことのみを伝えた。他に言葉が出なかったのだ。何も話したくなかった。家に帰ると、ブロッホ医師が来ていた。死亡診断書を書くためである。アンゲラが医師を呼びに行ってくれたのだ。アドルフはブロッホを見た途端、さめざめと涙を流して、

「母のために、本当に、本当にありがとうございました」

声を詰まらせながら、感謝の言葉を述べた。ブロッホは安らかな眠ったようなクララの顔を見てから、

「死はむしろ救いなのだよ」

アドルフに慰めの言葉をかけた。アドルフはただ、

「ありがとうございました」

と繰り返すのみであった。同月二十三日、レーオンディングの墓地に、クララは埋葬された。ユダヤ人のブロッホ医師は、後にこの時のアドルフの様子を次のように回想している。

「アドルフ・ヒトラーは、母親を心から慕っていた。母親のどんな小さな動きでも見逃さず、

必要があればすぐに手を貸そうと待ち構えていた。ふだんは物悲しそうに遠くを眺めている目も、母親の痛みがしばし遠のくと明るく輝くのであった。私は四十年近くも医者をやってきたが、あの時のアドルフ・ヒトラーほど悲しみにうちひしがれた青年の姿を見たことがない」

クリスマスの夜、アドルフは独り、リンツの街を彷徨い歩いた。家に帰ってきたのは、辺りが明るくなってからだった。

＊

アドルフは、母の遺産の取り分（千クローネ）や父の遺産の分与分（六百五十二クローネ）を手にして、再びウィーンに舞い戻ることになる。贅沢せず普通の暮らしをしていけば、約二年はウィーンで働かなくても暮らしていける財産を手にしたのである。妹パウラは、リンツに住む異母姉アンゲラの許に預けられた。

一九〇八年二月十七日、アドルフはリンツの駅からウィーンに再び旅立とうとしていた。見送りは、クビツェク一人。アドルフは、母が亡くなってから、特に何度もクビツェクに対し、

「グストル、ウィーンに一緒に来い」

と強く勧めていた。それは心の叫びでもあった。母を亡くした今、本音で話し合い、心を開くことができるのは、親族ではなく、クビツェクだけだった。クビツェクにもウィーンに対する憧れがあったし、帝都で優れた師について、音楽に専心したいとの願望がむくむくと育っていた。リンツ州立劇場の指揮者から、和声学のレッスンを受けたことも刺激になった。埃が飛び散る仕事場は、クビツェクの健康を害し、職人として働き続けることは危険だとの医師の忠告もあった。そうしたところに、アドルフの「グストル、ウィーンに一緒に来い」である。クビツェクの心は揺らいだ。クビツェクの夢の前に立ちはだかっていたのは、職人の父だった。

クビツェクは、父にウィーンで音楽の勉強をしたいと、それとなく告げてみたが、

「漠然とした未来のために、生活の基盤を放棄することになるのではないか？　お前が懸命に働いてきたのは、この店を引き継ぐためではないのか」

「役に立たない騒音のようなバイオリンやピアノでしっかりと生活が築けるはずがない」

「音楽など道楽だ、屋根の上の鳩や手の中の雀に過ぎない」

と言って、頑強に反対したのだ。母もクビツェクがウィーンに行くことは乗り気ではなかったが、その一方で息子の健康も気にかけていた。そんな状況の時に、アドルフがクビツェクの実家にやって来て、両親を説得し始めたのだ。

「お父さん、お母さん、クビツェク君のコンサートホールでの演奏を聴かれたことはあります

か。それはそれは、素晴らしいものです。クビツェク君の才能をリンツで眠らせておくのは、とても残念です。ウィーンに行って、音楽の勉強をするべきです。彼は必ず一流の演奏家になります。オーケストラの指揮や作曲法、音楽史の勉強は、ウィーンでしかできません」

アドルフは明るい顔で、眼を輝かせて、まくしたてた。

クビツェクの母は、アドルフと初めて会ったその夜、

「お前の友達はまぁ何て目をしてるんだろう」

と驚嘆したが、クビツェクにはその時のことが思い起こされた。それにクビツェク一家とアドルフで、川に泳ぎに行った時、母が岩で足を滑らして水に落ちた時などは、真っ先に飛び込んで母を救ってくれたのは、近くにいたアドルフであった。アドルフは泳ぎが下手なのか水が苦手なのか、顔をしかめ足をバタつかせながら、クビツェクの母のもとに近寄り、抱きとめた。アドルフの父母への語りを聞くうちに、クビツェクはそうしたことまで、思い出した。母を見ると、アドルフの話に魅せられたように、ウンウンと頷いている。父は、固い顔をして、口を結んでいたが、アドルフが話し終えると、

「分かった。ではこうしよう。先ず試しにウィーンに行き、教育がクビツェクに合えば、ウィーンで学ぶ。そうでなければ、家に帰って仕事を手伝う、これではどうか」

折衷案を持ち出したのだ。普段のアドルフなら、妥協案を嫌い、自らの意見をごり押しする

ところだが、この時は満足気に、

「ありがとうございます。お父さんの決心に、クビツェク君の将来がかかっていたのです」

と力強く礼を述べた。クビツェクも両親に礼を言い、ウィーン留学の話はまとまったのだ。

そして、今、リンツ発の汽車に乗り込もうとするアドルフは、クビツェクに再びこう言った。

「グストル、早くウィーンに来い、すぐ後から来いよ、グストル」

と。アドルフは、ウィーンに着くと、以前住んでいたシュトゥンパー小路三十一番のアパートの一室に入った。アドルフはそこから、

「親愛なる友よ！　君が来るという知らせをもう待ち焦がれている。すぐに、きっとその手紙を書いてくれ、歓迎のお祝いの準備がすっかり出来るようにね。ウィーン中が君を待っている。だから、すぐおいで。もちろん君を迎えに行く。大切な君のご両親にもよろしく！　もう一度、どうか、すぐに来い！」

との手紙(一九〇八年二月十八日付)をクビツェクに書いた。アドルフは、これまでも、手紙の最後には必ず「大切な君のご両親によろしく」との文言を入れてきた。

二月二十二日、クビツェクは、果実入りの蒸しパンやチーズ、豚肉などの食料がつまった鞄を持って、夜、ウィーンに到着した。アドルフは、黒い冬物のコートと帽子、象牙のグリップが付いたステッキという出で立ちで、駅までクビツェクを迎えにいった。

「おい、グストル」

アドルフは、駅中の人の多さと喧噪に戸惑いの顔を見せているクビツェクに声をかけた。その声を聞いたクビツェクは、嬉しそうな顔をして、アドルフのもとに駆け寄ってきた。

「よく来たな、グストル、さぁ、行こう」

アドルフは、クビツェクの重そうな鞄の片方の紐をつかんだ。アーク電灯は、駅前広場を真昼のように明るく照らしていた。人混みをかきわけながら、アドルフたちは、シュトゥンパー小路三十一番のアパートにたどり着く。

部屋に入ると、クビツェクの眼についたのは、机の上やベッドに散乱しているスケッチだった。アドルフは机の上を片付けると、そこに新聞紙を広げ、牛乳とパンを置いた。その横で、クビツェクが鞄を開けると、そこには肉や蒸しパンなどの御馳走がぎっしりと見えた。アドルフは、青白い顔をしながら、

「グストルには、まだちゃんと母親がいるんだもんな」

羨ましそうに言った。

「一緒に食べよう」

クビツェクはそう言うと、蒸しパンをアドルフに差し出した。アドルフは、有難いと礼を述べて、パンにかじりついた。

「ところで、シュテファニーのことだが」

アドルフが気になることを尋ねようとした時にノックの音がした。ドアを開けると、年老いた老婆が入り込んできた。アドルフは立ち上がり、

「こちらは、私の友人のグスタフ・クビツェク君、リンツから来た音大生です」

と、老婆にクビツェクを紹介した。老婆は、

「お目にかかれて、嬉しゅうございます」

と繰り返し、マリーア・ザクライスと名乗った。この部屋を貸してくれているザクライス夫人である。夫人が去ると、アドルフは、

「私が百万都市を案内する」

と胸を叩いた。クビツェクは、疲れた顔をしていたが、

「ウィーンに来た人間が宮廷歌劇場を見ることなく、どうやって寝に就くことができるだろうか」

とアドルフに畳みかけられて、ウィーン観光に引っ張り出された。宮廷歌劇場の豪華な階段ののぼり口や、大理石の手すり、ビロード仕上げの絨毯、天井の美しい細工に眼をみはった二人は、聖シュテファン大寺院やマリア教会にも行き、深夜に帰宅した。

クビツェクは、グランドピアノを置こうと思っていたので、別に部屋を借りるつもりでいた

が、部屋探しはうまくいかず、結局、ザクライス夫人が住んでいた少し広めの部屋に、アドルフと二人で住むことになった。夫人が、アドルフが住んでいた部屋に移ることに同意してくれたのだ。

翌朝、クビツェクは眠い目をこすりつつ、ウィーンの音楽院に出かけ、試験を受けた。クビツェクは見事、試験に合格、ビオラ奏者として、学院のオーケストラにも迎えられた。クビツェクが試験にうかったことをアドルフに告げると、

「僕にそんな頭の良い友人がいたなんて全然知らなかったよ」

一言呟いただけだった。アドルフは、クビツェクが自らの学業について話し出すと、やめてくれと言わんばかりの態度をとった。母クララの看病をしていた頃とは一変し、再び怒りやすく、我がままになっていた。日々の生活も質素で、朝は牛乳とパンとバター、昼はナッツパイとケシで済ませていた。アドルフ曰く、それは「犬の生活」であった。下宿の部屋には水もトイレもなかった。共同トイレは、不潔で南京虫が発生していた。

ある時、クビツェクが学生食堂の安い食券を手に入れたので、アドルフを招待した時などは、蒸しパンやローストビーフを頬張りつつも、ユダヤ人をはじめ様々な民族が入り乱れる食堂を見て、

「こんな連中の隣でどうやって君がものを味わうことができるのか、僕には理解できないよ」

クビツェクにささやき、汚らわしいと言わんばかりに、学生たちから背を向けた。街中で、仕事帰りの労働者を見た時などは、クビツェクの袖を勢いよく掴んで、

「聞いたかい、グストル。チェコ語だよ」

と忌々しく言い、イタリア語を大声で話すレンガ職人の前を通った時には、

「これが、お前のいうドイツ人のウィーンだ」

憤慨して叫ぶのだった。オーストリア・ハンガリー帝国の首都ウィーンには、チェコ人・クロアチア人・ポーランド人・ユダヤ人など様々な民族が流入していた。

アドルフには、それが嫌で嫌で仕方なかった。

「ドイツ人を圧迫する、いやドイツ人を滅ぼす、このハプスブルク家の帝国は滅びなければいけない。それは早いほど良い」

というのが、アドルフの主張であった。アドルフは、ウィーンのプラーター公園で、見世物小屋に集い、哄笑をあげる人々を指さし、

「バカバカしい芝居だ、あいつらが笑うのを理解できるか？」

首を振りつつ、クビツェクに尋ねるのだった。公園にも、チェコ人・ルーマニア人・イタリア人など様々な人々が集い、憩いの場となっていた。色とりどりの服、様々な言語がアドルフの眼の前を飛び交う。アドルフには、その光景が吐き気を催すほど、嫌であった。生理的・身

体的に耐えられないといった顔をして、コートの埃を払いながら、アドルフは公園をあとにした。

　クビツェクは、アドルフの貧乏生活を見かねて、音楽学院で友人となったジャーナリストに、アドルフのことを話した。

「読書家で、勤勉なアドルフという友人がいるんだ。でも彼は、今、生活に困っている。もし彼が書いた文章を見て、良ければ、ウィーン日刊新聞に載せてくれないか」

　ジャーナリストは、気の毒そうな顔をして、

「分かった。そのアドルフ君が書いた文章を、私の勤務時間中に手渡してくれないか。そうすれば、その先の相談もできると思う」

　前向きな提案をしてくれた。クビツェクは喜んで、アドルフにその話をしたら、アドルフは一夜のうちに「翌朝」というタイトルの短編小説を書きあげた。二人は、ジャーナリストのもとに出かけたが、アドルフはそのジャーナリストのワシ鼻の顔を見ると、原稿を握りしめたまま、向きを変え、階段を下りながら、

「この間抜け、あれがユダヤ人だということを知らなかったのか」

　怒りに満ちた顔で、怒鳴った。ドイツ人を圧迫する力――その主力となっているのが、ウィーンで支配的な地位を占めるユダヤ人である、アドルフはそう思い込んで、ユダヤ人に憎

しみを集中させた。

アドルフの途方もない、やり場のない怒りは、他人種のみならず、周りの者にも向けられた。周りの者――当然、それはクビツェクだった。クビツェクが部屋の箪笥に貼っていた音楽学院の時間割表を見つめていたアドルフは、いきなり、

「こんなアカデミーなんて！」

と叫び出し、

「アカデミー丸ごと吹き飛んでしまえば良いんだ！　年とって硬直した古臭い公僕や、理解のない馬鹿な役人連中ばかりじゃないか。彼らは僕を拒否したんだ、投げ出され、排除されて、僕は……僕は……」

死人のように青ざめた顔をして、アカデミーへの憎しみをまくしたてた。眼だけが憎しみで、ギラギラと輝いているのが、不気味であった。クビツェクは、

（教授にだって十人十色、良い先生もいるさ）

心では思ったが、口には出さなかった。クビツェクは、アドルフがウィーン美術アカデミーに受け入れられなかったことを、薄々分かってはいたが、本人の口からは初めて聞いた。クビツェクが、

「亡くなったお母さんには、アカデミーを不合格になったことを伝えていたのかい」

と聞くと、アドルフは、

「何を言っているんだ、死にそうな母さんに、そんなこと言えるわけないだろ」

何を馬鹿なことをと言わんばかりに、頭を振った。

「それで？」

しばしの沈黙の後、クビツェクがアドルフに訊ねると、アドルフも、

「それで？　それで？　こんな時もまた君は始めるわけだ、それで？って」

腹立たしく、クビツェクを指さした。アドルフは怒りを鎮めるように、一冊の本を手にして読み始めた。クビツェクが、音楽学院の時間割表を剥がそうとすると、

「そのままにしておけよ」

先ほどとはうって変わって、冷静な口ぶりでアドルフは呟いた。

＊

クビツェクは、アドルフの怒りや憎しみを、目の当たりにして、ウィーンに来てからのアドルフの言動を振り返ってみた。

クビツェクが部屋にいる時、突然、音楽学院の同級生の少女が駆けこんできた。音楽の勉強

で分からないところがあるから、教えてほしいというのだ。クビツェクは快く了解し、少女に説明してやった。そこに急にアドルフが部屋に入ってきたので、クビツェクは、

「リンツ出身で私の友人のアドルフ・ヒトラー君だよ」

と少女にアドルフを紹介した。少女はアドルフに、

「こんにちは、お邪魔しています」

微笑んだが、アドルフはむっつりして、黙ったまま。説明が終わり、少女が外に出たところで、アドルフは口角泡を飛ばして、クビツェクを責めたてた。

「グランドピアノという大きな怪物に塞がれた私たちの小部屋が、今度はまた音楽女野郎の逢引きの場所になったのか！　どうなんだ！」

と。クビツェクは、少女には勉強を教えていただけで、恋愛関係にないことを説明し、そこはアドルフも納得したが、

「女に学問など必要はないのだ」

と持論を展開、延々と続く講演会のように、アドルフの話は続いた。その間、クビツェクはピアノの椅子にしゃがみ込み、耳をふさぐようにしていた。アドルフはなぜ、些細なことで、怒るのか。母親を亡くしたショックからか、美術アカデミーを不合格になったやるせなさなのか、それとも元々、そうした性分なのか。クビツェクは、色々と考えてみたが、答えは出な

かった。

（そう言えば、こんなこともあったな）

クビツェクは、記憶を辿った。ある日の早朝、クビツェクが試験勉強をしていると、

「グストル、来いよ」

アドルフの声が上から降ってきた。

「どこへ行くんだい、今、試験の準備をしているんだが」

クビツェクは戸惑いの色を見せたが、アドルフはそんなものどうでも良いといった感じで、

「そんなもの、今日、予定しているものに比べたら重要ではないよ。それに君のためにもうチケットを用意しているんだ」

同行を強要してきた。

（オルガンコンサートか、博物館のツアーか）

それならば、クビツェクは興味は少しそそられたが、試験のほうが大事と思い渋っていたら、

「グストル、さっさと来い」

アドルフの癇癪が爆発した。私に対する反抗は許さないぞというアドルフの顔がそこにはあった。クビツェクが連れてこられたのは、国会議事堂であった。アドルフは、国会の傍聴にクビツェクを誘ったのだ。

「あの男が議長だ、ひな壇にいるのが大臣」

アドルフは議会の詳細を説明しだした。議員たちがチェコ語・イタリア語など様々な言語で野次を飛ばしたり、口笛を鳴らし始めると、アドルフの顔は赤く染まり、

「一人のチェコ人の議員が引き延ばし戦術の演説を始めたぞ、これは他の議員に喋らせないようにするためだけの演説なんだ」

拳を握りしめ、クビツェクに説明した。クビツェクは、忙しい時に、強引にこんな所に連れてこられたので、

「僕が今、ここから出ても反対しないだろ」

とアドルフに言うと、

「この会議の最中に?」

馬鹿なことを言うもんじゃないと言った顔で、アドルフは叫んだ。

「チェコ語で話すあの議員の言っていることが、一言も分からない。時間の無駄さ、僕は出るよ」

「座っていろ」

アドルフは激怒して、クビツェクの上着の袖をつかんで、席に座らせた。退屈な会議をクビツェクは長時間聞く羽目になった。

「議会主義というのは、災いのもとだ。創造性がまるでない。あのアクビをしている議員を見ろよ。議会は人間の成長を妨害するところなんだ。そして民主主義というのも、価値のない才能のない人間が、合法的に指導者にならされてしまうシステムだ」

アドルフは、傍聴が終わると、議会と民主主義が如何に無価値かということを、クビツェクに「演説」した。

（要は、アドルフは自分勝手で我がままなんだ。潔癖で口うるさいし）

クビツェクは、アドルフの性格が嫌になることもあった。クビツェクは、ウィーン時代のアドルフについて、後にこう書いている。

「どうしても彼を満足させることができず、一緒にいることすらまったく厭わしく感じられた日もあった。この世のすべてと彼は仲たがいしていた。彼がどこへ目を向けようとも、目にするのはただ不正、憎悪、敵意ばかりだった」

と。クビツェクはアドルフの性格に辟易すると共に、矛盾するようだが、感心させられることもあった。アドルフは、読書に熱中したり、書き物（小説や舞台・演劇の脚本）をしたりと、学校こそ行ってはいないが、とにかく忙しかった。勤勉なのである。発想も豊かで、

「良き音楽を沢山の人が聞くことができたら、多くの人たちが幸せになれるだろう。しかし、ウィーン以外の小さな町では、そうした機会が少ない」

と言い、移動する「帝国オーケストラ」を考案したこともある。

自らが描いたスケッチを眺めつつ、ブツブツ言いながら、絵を修正したり、部屋を歩き回ることもあった。クビツェクがピアノの練習を始めると、本を脇に挟んで、シェーンブルン宮殿の側のベンチに座り、読書をした。図書館を利用することもあった。読書熱の凄まじさにクビツェクは、

「図書館まるごと読みつくすつもりなのか」

と驚嘆して尋ねることがあった。アドルフは型通りの読書をせず、大切な頁から、むさぼるように本を読んだ。『神々と英雄伝説──ゲルマン・ドイツ伝説集』『ファウスト』、ショーペンハウアーの哲学書……アドルフは本を読むと、その内容や感想をクビツェクに語り始める。クビツェクは、その話を一方的に聞くだけであった。クビツェクは後にアドルフの読書について、

「ウィーンでの共同生活の間、私はアドルフが周囲に積み重ねた大量の書物の中に、たとえば彼の行動のための基盤やら考え方のような、何か特定のものを探し求めているという印象を持たなかった。反対に私には、彼が無意識であれこれの書物に、すでに彼の中にある基盤やら考え方の単なる承認を求めているように思われた」

と述べている。アドルフも、読書について後に、

「いま人生に、突然なんらかの検討や解決を要する問題があるとするならば、こういう方法で書物を読んでいるなら、ただちに既存の観念像の規準をとらえ、そこからこの問題に関係している過去十年間に集められた個々に役立つものを引き出し、問題を解明したり、解決したりするまで検討したり、新しい検分をしたりするために、知性を提供するのである。読書は、そうしてのみ意義と目的をもつのである」

と語っている。クビツェクは、本についてのアドルフの独り語りを聞いているうちに、アドルフの記憶力の良さにも驚いた。過去に読んだ様々な本の内容や、具体的な文章がスラスラと口から出ていたからだ。

クビツェクはアドルフのことを疎ましく思うことがあったが、アドルフと一緒に、厳かな宮廷歌劇場でオペラを観ると、心のわだかまりが溶けていくような感じがした。チケットを買うために開演の一時間以上前から並び、会場がオープンすると立見席に座るために共に駆け出す……そうした共同体験が二人の「友情」を育んでもいた。もちろん、観劇の際もアドルフは激しやすく、真面目に芝居を観ずに、女といちゃつく軍人や将校に、

「けしからん奴らだ」

と憤激していたが。

観劇のみならず、日曜日には、王宮礼拝堂で演奏されるウィーン少年合唱団を聴きに行き、

ドナウ川で船に乗ったりもした。楽しいことも沢山あった。クビツェクは、心地よげに眼をつむった。

「僕はシュテファニーを諦めるよ」

アドルフの声を聞いて、クビツェクは現実へと引き戻された。夢か現《うつつ》か、アドルフが冗談を言っているのか、それとも本気なのか。

「僕は、君が彼女に手紙でも書くものとばかり思っていたよ」

クビツェクは、アドルフを励ますように言った。が、アドルフは、

「無意味だよ、シュテファニーを待つなんて。きっともう母親が、シュテファニーが結婚しなくちゃならない男を用意しているよ。いい縁組だよ、少なくとも母親の目にはね。上流階級の奴らは、賢明にお膳立てされた結婚によって、不当な利益を相互に保証しあっているんだ。実に下劣だ」

尊大な態度で、シュテファニーの母親や上流階級の人々を罵倒するのだった。クビツェクは突然のアドルフの宣告に惑乱し、すぐさまベッドにもぐりこんだ。アドルフは読みかけの書物に再び目を落とした。一つの青春が終わった。

アドルフの初恋の人・シュテファニーは、一九〇八年、リンツの軍人と結婚した。シュテファニーは後にこう回想している。

「私はある時、手紙を貰ったことがあります。それには、これから美術アカデミーに行きます、私はあなたを待っています、私が帰って来たら結婚してくださいとありました。私には何のことか解りませんでした。そしてその手紙は、どんな名前だったかも覚えていません。その手紙は郵便で届けられました。私宛ての手紙すべてがそうであったように、母が先に読んでいました。それっきり何の音沙汰もありませんでした」

＊

一九〇八年七月、クビツェクは、夏休みを実家で過ごすことにした。優秀な成績をおさめ、学期末の演奏会では指揮者を務めて、教授や校長から称賛されたクビツェク。意気揚々とした凱旋であった。アドルフは、クビツェクが帰省すると聞いて、

「独りで残るのは寂しい。二人で住んだ部屋に一人でいることが、どれほど寂しいことか。どんなに味気ないか、想像できるかい」

懸命に引き留めようとした。何度も同じ言葉を繰り返したが、クビツェクの心は変わらなかった。

アドルフは、クビツェクをウィーン西駅まで送ることにした。クビツェクは、荷物を列車の

座席に置くと、アドルフのもとに、再び駆け寄ってきた。アドルフは落ち着いた顔で、クビツェクの両手をとった。アドルフが両手を握るなど珍しいことだった。アドルフは、握った手を離すと、何も言わず、一度も振り返らずに、急ぎ足で出口に向かった。アドルフは、寂しさを紛らわすように、クビツェクに頻繁に手紙を書いた。

「君が出発してから僕は勤勉に勉強しています。また夜中の二時いや三時までということもよくあります。出かけるときには便りをします。こちらはいま暑くありません。それどころか時々、雨が降ります。君と君のご両親に心を込めて」(七月十五日)

「他に変わったところは何もありません。せいぜい、今朝、大きな南京虫をやっつけたら、死んで血のなかに浮かんでいたこと。それからいま、僕の歯が熱でガタガタ鳴ったことくらいです」(七月二十一日)

「君は新しい劇場に関して市参事会が行った最近の決定を読みましたか。どうも、彼らはあの古いガラクタをもう一度修理しようと思っているらしい。しかし、役所から許可が得られないだろうから、そうはいかない」(八月十七日)

アドルフは、九月中旬、再び美術アカデミーの試験を受けた。だが、評価は低く、今度は一次試験で落ちてしまう。

クビツェクは夏が終われば、ウィーンに帰るつもりだったが、九月十六日に、オーストリア・ハンガリー陸軍歩兵連隊第二連隊の兵営に出頭し、約八週間の訓練を受けることになった。そのため、ウィーンに戻ったのが、十一月二十日と大幅に遅れてしまった。

クビツェクはアドルフにウィーンに戻る日時を伝えたが、返事はなかった。しかし、ウィーン西駅の改札口にはアドルフが迎えに来ているはずだと思い、到着後、辺りを見回したが、アドルフの姿はなかった。

（人ごみに紛れて分からなかったか）

クビツェクは、来た道を引き返し、アドルフを探したが、どこにもいない。改札口にも待合室にもいなかった。

（もしかして、病気で寝込んでいるのか）

心配になったクビツェクは、下宿先に急いだ。

「あら、お久しぶり」

ザクライス夫人が、顔を皺くちゃにして、笑顔で迎えてくれた。

「アドルフは、アドルフは元気ですか」

クビツェクは息を切らせて訊ねた。すると、夫人は目を丸くして、

「まぁ、あなたはヒトラーさんが引っ越したことをご存知ないの？」

心底驚いたように、逆に訊ねたので、

「いや、知りません。彼はどこに引っ越したのですか」

と答えた。

「さぁ、ヒトラーさんは、何も言いませんでした」

「でも、何か私への伝言を残していきませんでしたか。手紙やメモとか」

「いいえ、ヒトラーさんは、何も残していきませんでしたよ。しっかり下宿代も払っていかれました」

「挨拶は？」

「ありがとうございましたとだけ。他には、彼は何も言いませんでした」

クビツェクは新しい下宿先を探し、ザクライス夫人に新住所を書いたメモを預けた。アドルフはまた自分のところに戻ってくる、そう思ったからだ。しかし、一週間経っても二週間経っても、アドルフは姿を見せなかった。クビツェクは、アドルフの異母姉アンゲラのもとを訪れ、アドルフの行方を聞いたが、

「私も知らないわ。それはそうと、アドルフが二十歳にもなるのに定職を持たないのは、あな

たが芸術家になろうと懸命になったことにも責任があるんじゃないの」

と冷たく非難されただけで、手がかりはつかめなかった。

クビツェクは悩んだ、なぜアドルフは突然、姿を消したのか。後にクビツェクは、この事を思い出し、次のように書いている。

「頭を悩ませれば悩ませるほど、私は、アドルフが私にとってもっていた大きさをますます感じた。私は孤独を感じた。私の全人生がいまやあまりにありふれたもので、ほとんど退屈なものに思われた。コンサートホールやオペラ劇場での素晴らしい上演を聴くことはたしかに慰めにはなった。だが、そうした体験を誰とも分かち合うことができないということは人を暗澹たる気持ちにさせる。どのコンサート、どのオペラに行っても、私はアドルフに会うことを期待した。ひょっとしたら、彼が終演のあと出口に立って私を待っているかもしれない。そうすれば、また、あの聞き慣れた、いらいらした調子の声が聞ける。来いよ、グストル！　しかし、アドルフに再会したいという希望はすべて叶わなかった」

第４章

鉄十字章――ソンム

昼夜を問わず降り続ける雨。辺りは、薄暗い。周りを見ると、兵士たちは塹壕のなかで、息をひそめるように、銃を構えて、前方を見つめている。視線の先には、鉄条網が一面に広がり、目を凝らすと、その網に人間の身体の断片がぶら下がっている。おそらく人の足であろう。味方の兵士のものか。昨日の砲撃により、身体が吹き飛ばされたのだろう。

掘られた塹壕の前に視線を移すと、指輪をはめた手が一本横たわっている。数メートル先には、引きちぎられたような二の腕が横たわっていた。横にいた兵士が、指輪をはめた手にむかって、

「良かったな」

と呟いた。あんたは、もう、イギリス軍の度重なる砲撃から解放されたのだ、良かったなという意味だ。指輪をはめた手の兵士にも、妻がいたろうに。生きてこの戦場にいるということは、死よりも苦しいことなのだ。しばらくすると、その指輪をはめた手も、骨だけになってしまった。あっという間に、ネズミに食われてしまったのだ。ネズミは人間の肉が大好物なのである。

これまで、何度、似たような光景を見てきたことか。身体は軍服を着て、綺麗であるのに、顔だけネズミか野犬に食い荒らされて、骸骨となった死体も見たことがある。誰しも最初は、ぞっとしたが、今ではそうしたことは当然という風に、冷淡に皆は振舞っている。そうでない

と気がおかしくなってしまうからだろう。実際、神経が細い、気の弱い奴は、頭を抱えてブルブル震えて、うずくまっている。砲撃の音を聞くと震えは、頂点に達した。こうした兵士たちはもう使い物にならない。

（確かに悪夢のような戦場だが、あの頃に比べたら、ましだ。日々の食事にも困らない。軍隊には、規律と秩序があるし、何より、私は今、尊い祖国・ドイツのために戦っているのだから）

一九一八年十月十四日夜、アドルフは、ベルギーのフランドル地方西部の戦場において、塹壕のなかに、身を潜めながら、あの頃――つまり、ウィーンにいた時代のことを思い出していた。

＊

クビツェクと共に住んでいた下宿先を去ったアドルフは、ウィーン西駅の側近くにあるフェルバー通り二十二番地のアパート（十六号室）に住むことにした。

クビツェクになぜ何も言わず去ったのか。それは一つには、自分自身が惨めであったからだ。軍役を終えて、意気揚々と音楽の勉強を再開するクビツェクと、美術アカデミーの受験に二度も失敗したアドルフ。

光り輝いて順風満帆なクビツェク、それなのに自分は何をやっているのだ。なぜ私だけが、排除されるのか。クビツェクと会うのが、なぜか怖かった。嫉妬や怒りもあった。あの頃は、とにかく、誰にも会いたくなかった。そういう心境であった。

アドルフの生活は変わらず、近くのレストランやカフェに行き、本を読んだり、時には写生に出かけた。隣人とは、挨拶をする程度で、殆ど交わりはなかった。本を読みにカフェに出かける途中、タバコ屋で『オスタラ』(春の女神)という雑誌を見つけ、アドルフは手にとってみた。リーベンフェルスという人が発行人のようだ。

編集方針は「ヨーロッパの支配民族を人種的純潔の維持によって破滅から護るための人類学的研究の実際面の応用」。

見出しには「あなたは金髪か? それならばあなたは文化の創造者であり、文化の担い手でもある。あなたは金髪か? もしそうであれば、危険があなたを脅かしている」と書かれてあり、挿絵にはブロンドの美女が黒人の男を抱擁するシーンが描かれていた。

アドルフは、食い入るように雑誌を読み進めた。

「アーリア人は、人種的に混交した敵、劣等人種を滅ぼすことによって、地球を支配しなければならない」

ということが書かれてあった。

（劣等人種）

アドルフの頭の中には、ユダヤ人のことが思い浮かんだ。当時、ウィーンには、多くのユダヤ人がいた。ロシアでのポグロム（殺戮・破壊）から逃れたユダヤ難民をオーストリア・ハンガリー帝国が受け入れていたからだ。

ユダヤ人の中には、生活のために、売春を生業とする者もいた。アドルフは、クビツェクと一緒に「悪徳の泥沼」である売春宿を見に行ったことがある。ある女は、肌がみえる衣装をだらしなく纏い、またある女は鏡を見て化粧をしていた。しかし、どの女も通りを行き来する男から目を離すことはなかった。アドルフが店の前を通り過ぎた時、急にシャツを脱ぎ始めた女もいた。

（下品な誘惑の仕方だ。けしからん！　堕落した性的習慣に染まった客も、とんでもない奴らだ。売春はこの世から消し去らねばならない）

怒りに燃えたことを、アドルフは昨日のことのように思い出す。貧しいユダヤ人がいる一方で、大量のユダヤ人が芸術家や大学教授・ジャーナリストなど知的職業に就いていた。金銭感覚に長けたユダヤ人は、財閥を形成し、豊かな生活を送っている。

一方で、貧困にあえぐユダヤ人による犯罪率も高くなり、人々は怨嗟の声をあげていた。

人々の妬みと恨みの感情がユダヤ人を包んでいたのだ。

反ユダヤ主義を掲げるカール・ルエーガーが、皇帝フランツ・ヨーゼフの反対にもかかわらず、一八九七年、ウィーン市長に選出されたことは、ウィーンの市民感情を示していた。ルエーガーは、当選後は貧困層のユダヤ人を救済しているので、彼の反ユダヤ主義は権力獲得の道具ではあったが。

（ユダヤ人は、至る所に入り込んでいる。どこに行っても、ユダヤ人しかいないではないか。私が美術アカデミーから排除されたのも、美術業界をユダヤ人が独占しているからではないのか。恥知らずで計算高いユダヤ人によって）

アドルフは、購入した雑誌を握りしめて、怒りに震えた。一九〇九年八月、アドルフはフェルバー通りのアパートを出て、シェーンブルン宮殿の近くにあるセックスハウザー通りのアパートに移った。分与分の遺産や孤児年金が底をつきかけたので、少し家賃が安いアパートに引っ越したのである。働かずに、オペラ通いや読書に耽っていては、いつかは金は無くなっていく。

セックスハウザー通りのアパートも一ケ月も経たずに退去したアドルフは、アパートには入らず、公園のベンチで寝たり、土管の中で眠りについた。ある時などは、労働者の宿泊所で一夜を過ごしたことがあったが、汚物にまみれた非衛生的なトイレや、悪臭漂う空気、不潔さに戦慄した。これなら、外で一人で寝たほうがましだった。髪と髭が、これまでにない程、伸びてきた。

十一月に入り、雪がちらつくようになると、さすがに戸外で眠ることはできない。そこで、アドルフが利用したのが、ウィーンのマイドリングにある一時宿泊所である。この宿泊所は、一八七〇年に皇帝フランツ・ヨーゼフ一世によって建てられたもので、宿泊は無料であった。しかし、食事は自分で賄う必要があったので、アドルフは初めて荷物運搬人やホテルの雪掻きの仕事をやり出したが、肉体労働で慣れない作業のため、すぐに断念。同じ一時宿泊所にいたラインホルト・ハーニッシュという男が、

「グンペンドルファー通りにある慈善友の会女子修道院では、ただでスープを貰えるぜ」

とアドルフの袖をひっぱるので、朝九時に尼僧院の前に並んだこともある。霜焼けにやられて、顔がヒリヒリ痛かったが、温かいスープを飲んだら、少し落ち着いた気がした。

生活をしていくためには、何をしていけば良いのか。アドルフは考えていた。また、肉体労働に戻るべきか、アドルフは、掲示板に張られた溝堀り労働者募集の広告を眺めていた。

「そんな仕事はダメだ。そんな重労働をやったら、穴の底から出られなくなってしまうぜ」

ハーニッシュが、アドルフの横に立っていた。これまで何度か会い、話すうちに、それなりに親しくなっていた。

「あんた学校も出たんだろう。あんたのように、教育もある人間がなぜこんな所にいるんだい」

ハーニッシュは、本当に不思議そうに、目を丸くして、尋ねた。アドルフは、自分でも一瞬、理由を考えたが、すぐに答えが出せそうもなかったので、

「自分でもよく分からない」

無気力に答え、肩を落とした。

「あんた、絵を描いていたんだって。だったら、はがきに絵を描いて売るってのはどうだい」

ハーニッシュがアドルフの肩を軽くたたいて言った。

「こんなみすぼらしい姿では、街頭で誰も買ってくれないよ」

アドルフが尚も躊躇していると、

「酒場でもどこでも、この俺が売ってきてやる。でも、タダというわけにはもちろんいかねぇ。手数料五十％でどうだ」

両手を広げてハーニッシュが話を進め出した。自信に溢れ、明るく語るハーニッシュの言葉に励まされ、アドルフは絵を描いて、少しでも金を得ようとした。しかし、絵の具や画用紙を買う金もなかったので、アドルフは叔母のヨハンナに手紙を書いて、お金をせびった。ヨハンナは、アドルフが美術アカデミーの学生だと思っていたので、五十クローネ（約六万円）を送っ

てくれた。そのお金で、アドルフは防寒対策のためのオーバーと、画材を買った。

絵を描く準備は整ったが、一時宿泊所は昼間は追い出されるので、ゆっくり絵を描く暇がない。アドルフは、一九〇九年十二月、ウィーン北東部のメルデマン通りにある公営の男子アパートに入居することにした。一階には食堂があり、安くて美味しい料理を提供していた。図書室、読書室、遊戯室まであって、入居部屋も清潔で、もちろん個室であった。

アドルフは、アパートで、ウィーンの風景の水彩画や、国会議事堂の油絵などを描いた。描いた絵は、ハーニッシュが酒場などで売り払った。アドルフの絵は、一枚三～五クローネ（三千九百～六千五百円）で売れたが、偉大な芸術家を目指すアドルフとしては、目の前の生活のために、絵を描き続けることに嫌気がさすことがあった。ハーニッシュは、アドルフを使って一儲けしたいと思い込んでいたので、

「早く描いてくれよ」

とアドルフの気も知らないで、急かす有様だった。

一九一〇年八月、アドルフは水彩画と油絵をハーニッシュに預けた。いつものように、売ってもらおうとしたのだ。両方合わせれば五十九クローネ（八万二千円）はするはずだった。ところが、二週間経ってもハーニッシュは、アパートに姿を見せない。

（さては、売り上げを横領したな。胡散臭い奴だとは思っていたが）

アドルフは怒り、地元にあるブリギッテナウ警察署にハーニッシュを訴えた。ハーニッシュは、
「ヒトラーは、売り上げを過大に期待したのだ。この油絵も十二クローネにしかならなかったんだ」
と弁解し、論争は決着しなかった。しかし、ハーニッシュが「フリッツ・ワルター」という偽名をかつて使っていたことが、警察にばれてしまい、禁錮刑に処せられることになった。ハーニッシュは、チェコの生まれで、銅版画家を目指していたが、果たせず、ベルリンで日雇い労働をしていた。ベルリンでは盗みで二回捕まっている犯罪者であったのだ。その後、ハーニッシュは、一九三六年、ヒトラーの絵を贋作し、オーストリア警察に逮捕、翌年二月、収監中に心臓発作を起こし五十三歳で亡くなることになる。

ハーニッシュとの決別は、アドルフにとっては生活に関わることであった。絵の売り手がいなければ、困窮してしまう。そこでアドルフがとった行動の一つが、叔母ヨハンナへのお金の催促である。ヨハンナは、精神に病を抱え、身体障害もあったが、父母の遺産が千六百クローネ(二百八万円)あり、貯金も合計すると、三千八百クローネ(約五百万円)の財産を持っていた。

ヨハンナは、アドルフから無心の手紙を受け取ると、その中から、約二千クローネ(二百六十

万円）をアドルフに送金したのである。これだけあれば、当分、生活に困ることはない。ヨハンナは、一九一一年三月、四十七歳で亡くなった。病もあり、遺産分与のつもりで、大金を送ったのであろう。

遺産の半分以上がアドルフに贈られたと知って怒ったのが、アドルフの異母姉アンゲラである。アンゲラはアドルフの妹パウラを引き取り、女子高等学校にまで通わせていた。夫ラウバルは一九一〇年に死去、三人の子供も養育しなければいけない。にもかかわらず、妹パウラに財産を分与せず、アドルフは独り占めしたのだ。

アンゲラは、弁護士に相談。地区裁判所にも訴えて、アドルフに支給されている孤児年金（月二十五クローネ＝三万二千五百円）をパウラに渡すように申し立てた。一九一一年五月、アドルフは孤児年金を妹に譲ることにした。

アドルフは、絵を描く仕事は続けていたので、ハーニッシュがいない今、自ら絵を売らねばならない。誰に売りつけるか。ユダヤ人の画商である。ユダヤ人に自分の絵を買ってもらうのは、屈辱であり癪ではあったが、生活のためには仕方がない。

「私の絵を買ってください」

アドルフは、自信なげに、俯きながら、モルゲンシュテルンはじめユダヤ人画商のもとを回り、絵を買ってもらった。そのお陰もあって、売上は、月八十クローネ（十万四千円）ほどになった。

絵を描く以外の時間は、読書をしたり、アパートに住む隣人と政治談義に夢中になっていた。生活に余裕ができたアドルフの顔からは、伸びた髭はなくなり、服も清潔になった。

時が過ぎ一九一三年五月、アドルフは長年過ごしたウィーンを出て、かねてから憧れていた芸術の都・ドイツのミュンヘンに移り住む。この年に、徴兵猶予の期限切れを迎えるからだ。オーストリア・ハンガリー帝国の兵士となる前に、オーストリアから脱け出そうというのが、アドルフの目論みであった。

前年、アドルフは、オーストリアを周遊している。誕生の地・ブラウナウ、国民学校時代を過ごしたレーオンディングにある父母の墓に行き、名所の絵を描きつつ、これまでの人生を振り返った。そして再び、ウィーンに戻ってきたアドルフ。宮廷歌劇場、クビツェクと過ごした日々、シュテファニーに心悩ました時間、そしてベンチで寝た窮乏生活。全てのことが頭に蘇ってきて、感情が昂ってきた。だが、涙は出なかった。アドルフは、ウィーンで過ごした日々を総括し、後に次のように述べている。

「ウィーンはわたしにとって最も厳しい、しかし最も徹底した人生の学校であった。今でもそうである。わたしはこの都市にまだ半ば若くしてはじめて足を踏み入れた。そして冷静で厳粛な人間になってこの都市を去った」

＊

一九一三年五月二十五日の日曜日、アドルフはミュンヘン中央駅に降り立った。暖かい日差しが降り注ぎ、心地よい風がふく、穏やかな春の日であった。歩き始めると、人々の会話が耳に入ってきた。全てバイエルン方言のドイツ語である。

「ウィーンに比べたら、何という違いだろう。様々な言語が飛び交う、多種族のバビロンの都市に比べて、ミュンヘンは好感が持てるところだ」

アドルフは、嬉しそうに傍らの男にささやいた。その男はルドルフ・ホイスラー、オーストリア出身で薬局員の見習いをしていたが、ウィーンの公営の男子アパートでアドルフと出会い、意気投合。ミュンヘンで共に暮らすことにしたのだ。ちなみに、このホイスラーも父が官吏で、家庭の躾が厳格であった。学校を退学させられ、その後、家出をし、男子アパートにたどり着いたのだった。ホイスラーは、アドルフの四歳年下である。

「この街にもう何年も住んでいるみたいだ」

アドルフのご機嫌な言葉を聞いて、

「アドルフさんは、いつも大袈裟だな」

ホイスラーは、笑みを浮かべた。アドルフらは、ミュンヘンの街を見て回り、

（ドイツの街に来た）

との実感を強めた。シュライスハイマー通りを入ったところにあるポップという洋服店の窓に、

「家具つき、貸間あり。紳士に限る」

との張り紙がしてあった。目敏《めざと》くその紙を見つけたアドルフは、

「この部屋を見てみよう」

とホイスラーに言って、彼が頷く前には、既に店のドアを開けていた。店に上がると、妙齢の夫人がいて、彼女に家具付きの部屋を見せてもらった。ベッド・デーブル・椅子、ソファーもある。壁には二枚の版画が掛かっていた。清潔感もある。

「家賃は月いくらですか」

アドルフが聞くと、

「二十マルクよ」

とポップ夫人が答えたので、

「ここにしよう、なぁ、ホイスラー」

アドルフは一目見て、この部屋を気に入り、ホイスラーに問いかけた。ホイスラーにも異存

はなかったので、家賃を折半して、住むことになった。ポップ夫人が書類への記入を求めたので、アドルフは「アドルフ・ヒトラー、ウィーン出身の建築画家」と書いた。

翌日、アドルフは画架を購入し、すぐさま部屋で絵を描きだした。一日何時間も集中して作業を続け、二日ほどで二枚の絵を完成させた。一枚はシュテファン寺院の絵、もう一枚はミュンヘンのテアティナー教会の絵であった。絵が出来上がると、アドルフは絵と紙ばさみを持って、外に繰り出した。絵を買ってくれる客を探すのだ。しかし、なかなか絵を買ってやろうという人は現れなかった。昼も過ぎて、あっという間に夜となった。アドルフは、ビアガーデンに辿り着いた。

「テアティナー教会の絵です、良ければ買ってください」

アドルフは、嗄れた声で、酔客の間を回る。殆どの人が見向きもしてくれない。中には、質素な身なりのアドルフを軽蔑したような眼で見てくる者もいた。

「シュテファン大聖堂の絵もあります。どうですか」

もう二時間以上、このビアガーデンをうろうろしていた。すると、

「絵を見せてくれないか？」

きっちりした身なりをした紳士が、アドルフに声をかけてきた。アドルフは眼を輝かせて、

「はい、喜んで」

と紳士の前で絵を見せた。紳士は絵をじっと見つめた後、

「いくらかね」

問うたので、アドルフは、

「五マルクです」

素早く答える。紳士は財布を開けて、中を見ていたが、突然、あっというような表情をして、

「あいにく今は、三マルクしか持っていない。この三マルクを先に渡すから、後の二マルクは後から私の家に取りに来てくれないか。私の住所はこの紙に書いておこう」

と申し訳なさそうに、アドルフに三マルクを渡した。

アドルフは、

「分かりました。ありがとうございます」

青い顔をして礼を言い、すぐさま、庭の売店に駆け込んだ。朝から何も食べていなかったのだ。売店でウィンナーソーセージ二本とパンを購入したアドルフは、瞬く間にそれらを平らげ、ビアガーデンを後にした。

後日、アドルフは紙に書いてある住所に行くと、紳士が家から現れて、約束通り二マルクを払ってくれた。彼はミュンヘンで医師をしているそうだ。その帰り道、痩せた姿のアドルフを見かけた下宿先の近所のパン屋の主人も、

「いつも腹が減った顔をして、可哀そうに。よし、あんたの絵を買おう」

同情し、旧市庁舎の絵を買ってくれた。アドルフは、写真やポスターの見本を見ながら、ひたすら部屋で水彩画を描いた。宮廷劇場・ミュンヘンの宮殿・アサム教会などを描き、どんどん売りに出かけた。翌年には、絵だけで十分生活していけるようになった。画家として、自立できたのだ。絵を描く以外の時間は、図書館に通い本を読んだ。特に、マルクス主義関連の書物を読み漁った。

（これは、破壊の教義だ）

アドルフは、マルクス主義が社会・文化・経済生活にもたらす現象を多数の本を読み、研究し、

（マルクス主義は、伝染病のようなものだ。この世界的な伝染病を征服しなければ、世の中が恐ろしいことになる）

との結論に達した。マルクス主義は、恐ろしい「教義」であるとの考えを深めたのだ。慄然とした顔で、本を脇に抱えて、下宿先に戻ると、階段のところで、ポップ夫人が、

「ヒトラーさん、良ければ、わたしの家族と一緒に夕食でもいかが？」

誘ってくれた。しかし、アドルフは、

「ありがとうございます。でも今日は忙しいので、すいません」

と言って階段を上ろうとした。朝から晩まで絵を描くか、本を読む生活のアドルフを心配したポップ夫人は、

「たまには、身体を休めに台所にいらっしゃいね。でも、その難しそうな本と絵とどんな関係があるの？」

不思議そうに尋ねた。アドルフは、階段を上りかけた足を止め、微笑を浮かべつつ、

「ポップの奥さん、人間の一生でなにが役に立ち、なにが役に立たないかなんてことは、だれにも分かりませんよ」

と、夫人の手を取り、答えた。ポップ夫人は、アドルフに好感を抱いていた。礼儀正しい青年だったからだ。アドルフは、台所に入る時も、椅子に座る時も、常に「入ってよろしいですか」「座ってよいですか」と夫人に許しを乞うた。

「気を使わなくて良いわよ。気楽にしてちょうだい」

と夫人が笑いながら言っても、アドルフはその問いかけを止めなかった。

「こんな礼儀正しい青年、今まで見たことはないわ」

夫人はいつも主人に感心しながら話すのであった。アドルフは、ミュンヘンに来た当初は、美術学校で勉強し、その後、同地の建築会社に入ることを夢見ていたが、結局、受験勉強もなにもせず、独自に絵を描き、読書する生活に没頭した。

アドルフの絵を購入してくれる人も増え、地元の名士――例えば法律家のエルンスト・ヘップ――までが顧客となった。ヘップは、アドルフを気に入り、食事に招待したり、オペラのチケットを贈ってくれるまでになった。アドルフは、後にミュンヘンでの日々を、

「わたしの生涯のいちばん幸福な、この上なく満足な時代」

と語っている。画家として一本立ちし、金銭的にも精神的にも安定した時代……だが、その平穏は、一九一四年一月十八日に一時、打ち砕かれることになる。その日の午後、部屋のドアを強くノックする音が聞こえた。威圧的な音なので、明らかにポップ夫人ではない。

（誰だ）

と思い、アドルフがドアを開けると、目の前に立っていたのは、厳しい顔をしたミュンヘン警察の警官であった。ヘルレと名乗った警官は、アドルフに一枚の書類を差し出した。その書類には、「リンツにおいて兵役に服するため、一九一四年一月二十日にカイゼリン・エリザベート河岸三十番地に出頭せよ」と記されてあった。アドルフは、本来ならば、一九一〇年の春までには徴兵検査を受けなければならなかったが、猶予申告をしていなかった。

「出頭しない場合は、起訴されて罰金二千クローネ（二百六十万円）を科されます。そして、ヒトラーさん、あなたが兵役を逃れる目的でオーストリアを去ったことが分かれば、更に重い罰金と一年未満の禁固刑に処せられることになります」

ヘルレは、淡々とした口調で、事実を告げた。アドルフの、紙を持つ手が震えた。

「召喚状の受け取りにサインをしますか」

ヘルレがペンをアドルフの目前に突き付けたので、アドルフはブルブル震える手で「ヒトラー、アドルフ」と署名した。アドルフは、

「リンツに行く旅費がありません」

と主張したが、そのまま警察に連行され、翌日にはオーストリア総領事館に連れて行かれた。突然のことに、アドルフの頭は混乱し、

「私は兵役を逃れるため、オーストリアを去ったのではありません。それに、二十日までに出頭するのは、用意もあり、難しいです。余りにも時がない。シャワーを浴びる余裕もない」

打ちひしがれた顔で叫んだ。その姿に同情した総領事館員は、リンツに二月五日までの出頭延期を願い出る電報を打ってくれた。返事は翌朝届くが、そこには依然「一月二十日に必ず出頭せよ」との文字が。

(一月二十日、今日ではないか。無理だ、何ということだ)

アドルフは頭を抱えて、

「どうすれば良いでしょうか」

と領事館の職員に泣きついた。すると職員は、

「弁明書を書いてみたら、どうだろう」

アドバイスしてくれたので、早速、アドルフは震える手で文字を書き始めた。

「私は一月十八日、日曜日に徴兵検査呼び出し状を受け取りましたが、二十日にリンツへ出頭せよというのは、余りに時間がなさすぎます。日曜日は休日、月曜日は祝日後で役所は午前十時に窓口が開く習慣なのに対し、私は遅くとも午後には出発しなければなりません。このため清潔にするための、簡単なシャワーすら浴びる時間がありません。

呼び出し状を遵守できない理由は、この短い時間に、かなりの金銭を用意しなければならないこともあります。呼び出し状には、私は画家と書かれていますが、私は自立した芸術家として生活費を稼いでいるものの、それ以上の研鑽を重ねる費用に事欠いている状態です。

私の父は官吏でしたが、私は建築画家としてなお研鑽を重ねていますので、パンを稼ぐにはほんの一部の時間を割いているだけです。ですから、私の収入はごくわずかで、私の生計にあてる金銭は大きな負担であります。私はここに納税証明書を同封します……」

アドルフは他にも、一九〇九年の秋に猶予申告を怠ったのは自分の責任であること、しかし一九一〇年二月には申告をしていること、徴兵検査を逃れようとしてミュンヘンに来たのではないことを記した。

更に、一九〇九年に申告を怠ったのは「困窮と困難以外の友もなく、癒しがたい飢餓以外に仲間」がいなかったからだと書いた。そして「総領事館の館員の方々は非常に寛大で、私の徴兵検査はザルツブルクでよかろうと私の要望を支持してくださっております。どうかこの書面の意のある所を汲み取りくださるよう、お願いします」と結んだ。

アドルフの弁明書は、緊急扱いで郵送され、三十日にリンツから返信があった。その書状には、アドルフの徴兵検査は、ザルツブルクの徴兵検査官によって一九一四年二月五日に行われることが記されていた。リンツまで出かけずともよく、処罰もないとの通知である。旅費まで払ってくれるとあって、アドルフは胸をなでおろし、そして喜んだ。

二月五日、アドルフは、ザルツブルクで徴兵検査を受けた。身長は「一七五cm」、検査官の所見は「兵器操作および救助活動には不適格、きわめて虚弱、兵役不能」というものであり、不合格であった。諸民族が入り乱れるオーストリア・ハンガリー帝国の兵士として奉仕することは、アドルフにとって身震いするほど、嫌なことであったので、不合格の結果は、アドルフを安心させた。

アドルフは、再び絵を描き、その絵を売る生活をスタートさせた。昼夜逆転の生活と、自分の言いたいことを一方的に話すアドルフの性格は、同居人のホイスラーを悩ませ、この頃には、関係は冷めていた。

それでも、アドルフは相手の気持ちを構わず、好きなようにお喋りをした。二十五歳となったアドルフ、芸術の都ミュンヘンで建築画家として一歩を踏み出したものの、この生活がいつまで続けられるのか、将来はまだ定まっていなかった。

＊

一九一八年十月十四日、塹壕に身を潜めるアドルフの耳に、遠方から一発の銃声が響いてきた。味方の兵士は身構えたが、それ以上、銃声は聞こえなかったので、辺りは再び静かになった。

（そうだ、一発の銃声が、この偉大な戦いを引き起こしたのだ）

アドルフは、陶酔した顔で、物思いにふけった。一九一四年六月二十八日、昼もかなり過ぎた頃、自分の部屋にいたアドルフは、路上でいつになく騒がしい人の声を聞いた。不思議に思い、階段を降りると、ポップ夫人が駆け出してきて、叫んだ。

「オーストリア皇太子フランツ・フェルディナント大公が銃で暗殺されたんですって」

アドルフは、顔色を変え、夫人を押しのけて路上に走り出た。街の掲示板には、人が群がっている。アドルフは人の波をかきわけ、前に辿り着くと、そこには「大公とその妻ゾフィが、セルビアの若いテロリスト、ガヴリロ・プリンツィプによって暗殺された」と記されてあった。

ドイツ帝国と同盟を結んでいたオーストリア・ハンガリー帝国は、一九〇八年に、オスマントルコ帝国の支配下にあったボスニア・ヘルツェゴビナ(南スラブ民族の州)を強引に併合した。スラブ民族の国・セルビアはこれに怒り、ボスニアを奪還しようとする。当然、反オーストリア機運が高まり、それと同時にスラブ諸民族の連帯と統一を目標とする汎スラブ主義が台頭。ロシアは、同じスラブ民族ということで、セルビアを支持した。

二度にわたるバルカン戦争(一九一二〜一三年)も勃発し、ボスニアやセルビアが所在するバルカン半島は、近隣諸国と西洋列強の利害が複雑に絡み合い、「ヨーロッパの火薬庫」と呼ばれた。そうした中でのオーストリア皇太子暗殺である。アドルフは、暗殺の報を聞いて、次のことを直感した。

(戦争は不可避であろう)

事態は、アドルフの予想通りに進んだ。ドイツ帝国からの後押しもあり、オーストリアは七月二十八日にセルビアに宣戦布告する。ロシアはセルビアを支持して、総動員を開始。オーストリアを支援するドイツは八月一日にロシアに宣戦を布告した。

ロシアはフランスと同盟を結んでいたので、ドイツはフランスに対しても宣戦布告。イギリスやベルギー、日本はドイツとオーストリアに宣戦を布告し、トルコはドイツ側に付いて、ロシアやフランス、イギリスなどと戦うことになった。こうして、火薬庫は爆発し、戦争はヨーロッパ全体に拡大した。

　ドイツのミュンヘンでは、オーストリアがセルビアとの国交を断絶したとの報が伝わると、市民が街に繰り出して、オーストリアの強硬策を支持する声が沸き起こり、行進さえおこなわれた。ミュンヘンの将軍廟前にも、熱狂する市民がつめかけた。身なりと、口髭を綺麗に整えたアドルフも、将軍廟に行き、興奮の渦中に身を投じた。

「皇帝万歳、陸軍万歳！」

「我々はドイツ語を話すすべての人間を一つの帝国、一つの国民に統一しなければならない」

「永遠不滅の支配民族が人類の進歩を導くのだ」

　行進を指揮する者であろうか、大声で叫び始めた。群衆の中からも、

「そうだ！」

「万歳！」

　との声が上がり、熱気に拍車がかかった。アドルフも笑みを浮かべつつ、

「万歳！」

　を何度も叫んだ。

（ドイツ語を話すすべての人間を一つの帝国、一つの国民に統一しなければならない。永遠不滅の支配民族が人類の進歩を導く）

「その通りだ」

アドルフはこの言葉をかみしめ、呟いた。この戦争こそ、そのチャンスとなるであろう。そして、そうした時代に生きることを許された幸福。青年時代に抱いた暗く腹立たしい感情から、一気に解放されたようにも感じた。

(天よ、感謝いたします)

嵐のように渦巻く感激に包まれて、アドルフは膝をおり、深く祈るように、崩れ折れた。

(この戦争は、ドイツが自己の存続のために、ドイツ国民がその死活のために、自由と未来のために戦われるのだ。戦争が勝利に終わったならば、わが民族はまた再び大国民の仲間に入ることだろう。この戦争は、オーストリアのために戦うのではないのだ)

心の中で、アドルフは力強く断言した。そして、

(わが民族と、ドイツのためにはいつでも死ねる)

との決意を固めたのだった。その後、すぐさま、アドルフは役所に出向き、兵役志願を届け出た。そしてバイエルン歩兵連隊に配属されることが決まった。アドルフは、オーストリア国籍であったが、ドイツはオーストリアと同盟関係にあるので、すんなりと受け入れられたのだ。画家としての先の見えない生活は終わりを迎えようとしていた。軍隊では、食料や衣類や宿舎を提供してくれる。何より、アドルフは新たな生き甲斐を見出したのだ。

戦争という一大事に祖国愛や生き甲斐を抱いたのは、アドルフだけではなかった。ロンドンでもパリでも、ウイーンやベルリンでも、祖国愛に貫かれた多くの人々が、兵士となった。戦争が始まって、わずか一ケ月で、ヨーロッパ各国で一千万人以上が、動員されたことに、人々の戦争熱が如何に高まっていたかが分かる。イギリスでは、

「祖国は君を必要としている」

とのポスターを見て、一ケ月で五十万人以上の兵士が志願したという。アドルフは後に、第一次世界大戦の開戦を振り返り、次のように述べた。

「一九一四年の戦いは、神に誓って、大衆に強いられたものではなく、全民衆がみずから要望したものである。人々は一般の不安状態に最後的に結論を出そうとした。この最も困難な闘争に二百万人を越えるドイツの男子や少年が、最後の血の一滴まで守ろうと覚悟して、自発的に国旗の下に立ったことが、それだけで理解できる」

ヨーロッパは、五十年もの間、戦争から遠ざかっていた。人々は戦争を、ロマン溢れる遠足、荒々しい冒険のように感じて兵士となった。国の指導者から兵士に至るまで、戦争は数週間、長くても数か月で犠牲も殆どなく終わると考えていた。ドイツ皇帝ヴィルヘルム二世は、秋になって落ち葉が散る頃には兵士は帰郷できると語った。一方、新兵たちも、

「クリスマスまでには家に帰ってくるよ。クリスマスにまた！」

見送る家族や知人に、笑顔で叫んで戦場に赴いた。アドルフも軍服を着こみ、短期間ではあるが、行進や銃剣の訓練を受けた。初めて、銃を手にしたアドルフは、女性が宝石を眺めるような目つきで、嬉しそうに、それを見た。

（これで、敵を撃ち殺すのだ）

アドルフの輝く目もまた希望に満ちていた。

アドルフが属するバイエルン第十六歩兵連隊は、ミュンヘンを立つことになった。

「ヒトラーさん、ご無事で」

ポップ夫人は、涙を流しながら、アドルフとの別れを惜しんだ。

「奥さんもお元気で。もし私が戦死したら、妹のパウラにその事を手紙で知らせてください。住所はこの紙に書いてあります。妹は遺品を欲しがるかもしれません。でも、もし彼女が遺品をいらないといったら、奥さん、あなたに受け取ってもらいたい」

アドルフは、手を差し出し、握手を求めた。夫人は涙をぬぐいながら、それに応じた。夫人の幼い子供二人を抱きしめた後、アドルフは駆け足でその場を去った。

十月十日、バイエルン第十六歩兵連隊は、軍用列車でミュンヘンを後にした。その後、レヒフェルト（バイエルン州南西部）、ウルム（バーデン＝ヴュルテンベルク州南部）を通過した。十月二十一日の明け方、ウルムを去る時、アドルフは初めてライン川を見た。朝日の柔らかい光が、普仏戦争の戦勝記念碑を照らし出すと、兵士たちは興奮して、歓声をあげ、愛国歌「ラインの守り」を唱和した。

叫びは雷鳴の如く
剣戟の響きか波しぶきか
ライン
我がドイツのライン
聖なる大河
何人や守らん

アドルフは、朝空高く響きわたる愛国の歌を聞いて、胸が締め付けられる思いがした。

ドイツ軍はベルギー北部からフランスに侵攻するシュリーフェン作戦に基付いて、瞬く間にベルギーの各都市を占領した。ベルギー西部のイーペルもドイツ軍の侵攻の対象となった。イーペルを守るは、ベルギー軍とイギリス軍。その戦場に投入されたのが、アドルフ属する歩兵連隊である。

十月二十九日、朝もやの中を匍匐前進する兵士たちの頭上を、突如、敵の砲弾が通り過ぎていった。その砲弾は森のはずれで炸裂し、木を藁のように引き裂いた。多くの兵士は、物珍しそうに、その光景を見ている。アドルフもその中の一人であった。

砲弾の威力を目の当たりにしても、兵士の顔には恐れの色は見られない。頭上では、何発もの砲弾が通り過ぎていき、弾が炸裂したところでは、もうもうと煙があがっている。銃撃音も激しさを増してきた。

銃弾を受けて、倒れる兵士が、アドルフの周りにも増えてきた。頭を撃ち抜かれ、血を流して死んでいく兵士たち。皮に布を被せた帽子しか支給されていない彼らは余りにも無防備であった。鉄かぶとが支給されるのは、まだ先のことである。銃撃の激しさに一時、後退することがあったが、しばらくして、また前進。前進している時に、背後から弾が飛んでくることもあった。明らかに味方が撃っている。その弾に当たって、兵士がバタバタと倒れる悪夢のような光景が現出した。霧が出ているため、敵味方の区別がつかないにもかかわらず、銃を撃ちまくっているのだ。もちろん、前方からも未だに銃撃は続いている。一発の銃弾が、アドルフの軍服の右袖をかすめた。アドルフは、ちらりと右腕をみたが、袖が切り取られているだけで、幸い怪我はなかった。アドルフは臆せず、すぐに前進を始めた。無数の弾丸がうなりをあげて飛び交う。直後に、

「中佐、大丈夫ですか」

との叫び声が聞こえた。味方の連隊の中佐が撃たれたのだ。アドルフはその声がする方向に這っていき、重傷を負って苦しんでいる中佐の姿を確認すると、すぐさま後方に駆け出し、軍医を見つけ、中佐の治療を依頼。前方に戻り、その後、中佐を繃帯所まで引きずって行ったのだ。隊長は既に戦死し、中佐が代理で指揮をとっている状態であった。部隊は、一旦退いた。

翌日もドイツ軍は攻撃を繰り返すが、イギリス軍の激しい抵抗にあい、前進は妨げられた。寝る間もなく戦いに明け暮れる兵士の顔には疲労の色が濃かった。アドルフも早朝四時に進発したが、その途上には、敵味方の死体が山のように横たわっていた。三十日の戦闘でも、歩兵連隊の司令官リストが戦死した。

新たに連隊長となったのは、エルゲルハルト中佐であった。連隊長は、アドルフともう一人の兵士エルンスト・シュミットを連れて、最前線に偵察に出かけた。しかし、敵に見つかり、機関銃を乱射される。アドルフとシュミットは、自らの身を守るのではなく、前に飛び出し、連隊長を守るため彼を溝に突きおとしたのだ。とっさの判断であった。エルゲルハルト連隊長は、二人の働きに感じ入り、鉄十字勲章を推薦することにした。

鉄十字勲章とは、軍事功労賞であり、ナポレオン戦争時の一八一三年、プロイセン王国のフリードリヒ・ヴィルヘルム三世によって制定されたのが起源である。大鉄十字章、一級鉄十字章、二級鉄十字章に分かれており、黒十字を白で縁取った勲章を授与されることは、この上なく名誉なことであった。

エルゲルハルト連隊長は、連隊本部所属の者とテントにおいて、勲章についての審議をしていたが、その席にアドルフや志願兵も同席していた。すると、そこに四人の中隊長が入ってきたので、アドルフたちは席を譲るために、テントを出た。テントを出てしばらく経った頃に、轟音が聞こえた。テントにイギリス軍の砲弾が直撃したのである。三名が即死、エルゲルハルト連隊長は重傷を負った。

（もし、あのテントの中にいたら）

砲弾直撃の報せを聞いて、アドルフはぞっとした。結局、アドルフには二級鉄十字章が与えられることになった。十二月二日のことである。それまでにも、アドルフは勇敢な行動が認められて、上等兵（十一月一日）、連隊司令本部付伝令兵（十一月九日）に任命された。属する連隊約三千人の中で、鉄十字章を最も早く受章したのが、アドルフであった。アドルフの喜びはひとしおで、すぐさま、ミュンヘンのポップ氏に手紙を書いた。

「十二月二日、私は中隊長殿の推挙で、ついに鉄十字章を受けました。それは私の人生で最も幸せな日でした。親愛なるポップさん、どうか受章者が出ている新聞をとっておいてくださいませんか。もし神が私を生きながらえさせるなら、それを記念にとっておきたいのです」

アドルフも手紙に書いているように、戦場では明日をも知れぬ身である。当然、死の恐怖に襲われることもあった。アドルフは後に、従軍してしばらく経った頃の心境を次のように書いている。

「そのようにして一年一年と過ぎた。だが戦闘のロマンティックにかわって戦慄がやってきた。感激は次第に冷たくなり、熱狂的な歓呼も、死の不安によって窒息させられた。各自が自己保存衝動と義務の催促との間で闘う時期がきた」

銃弾が激しく飛び交う戦場を、伝令兵として移動することは、常に死の恐怖と向き合うことである。

臆病心が起こった時などは、胸がつかえるような状態になり、鼓動は早くなり、重苦しい気持ちとなる。辺りを警戒し、進むことになる。

（伝令兵として任務を果たすのだ）

という心の中に響く「良心の最後の一片」が身体を前に進ませている。

（今日、死ぬかもしれんぞ）

という心のどこかから聞こえるもう一つの声も響いてきたが、

（いや、死んでも良い、任務を果たす）

断固とした調子で、アドルフは「死の声」を叱りつけるのだった。こうした葛藤を何度繰り返しただろうか。戦場をかいくぐるうちに、アドルフは死の声を抑えつけ、義務意識の声を身

体にみなぎらせた。一九一六年には既にアドルフは、死の恐怖を超越する心境となっていた。アドルフ曰く、

「ついに意志が完全に勝ったのだ」

初期の戦闘の頃には、恐怖心を強引に抑えつけるように、雄たけびをあげ、時に笑いながら突撃をしていたアドルフであったが、この頃になると、落ち着いた冷静な態度で動くことができるようになっていた。

ドイツ人の兵士たちにとっては、オーストリア出身のアドルフがなぜこれほど、ドイツのために身を投げ出すのか理解できなかった。ある兵士はアドルフを、

「変わった男さ」

と言い、口の悪い兵士などは、侮蔑の想いを込めて、

「奴は、編上靴《あみあげぐつ》の戦友さ」

と語り、地に唾をはいた。編上靴の戦友とは、バイエルン地方の侮蔑的な綽名である。しかし、そうした蔑視もアドルフが二級鉄十字章を受章し、伍長に昇進する頃には消えていた。ただ、煙草や飲酒をする兵士を見ては、アドルフが、

「過度の煙草や飲酒はやめたほうが良い。どれだけ身体に毒か」

としつこく説き、注意していたので、やはり、

「変わった奴だ」

　という印象は拭えなかった。戦闘は常に続いているわけではなく、小休止することがあった。そうした時、多くの兵士は、女や食べ物の話で盛り上がっていたが、アドルフは塹壕の様子や、破壊された僧院などの水彩画を描いた。哲学者ショーペンハウエルの書物を繙いたりもした。雨が連日降り続くと、塹壕の中には、水がたまり、腰の上まで浸かることがあった。

　そんなある時、小さな白いテリア犬が塹壕に飛び込んできた。ネズミを追いかけ始めたこの犬をアドルフは捕まえて、調教。イギリス軍の陣地から逃げてきたと思われるこの犬は、最初こそアドルフの言うことを聞かなかったが、しつこい程の躾によって、梯子の昇り降りができるまでになった。アドルフは犬にフルクス（小狐）という名前をつけた。懐いたフルクスは、アドルフの側を離れず、トーチカや鉄条網や地雷が同居する塹壕で、夜は寄り添って一緒に寝た。夕食の時もいつも一緒で、アドルフは自分の食べ物をわけてやった。

　アドルフの伝令兵としての職務は続いていた。その働き振りは上官を驚かすほどだった。

「司令部の命令を前線に伝える必要がある。誰かいないか？」

　数名は待機してあるはずの伝令兵に向かって、マックス・アマン副曹長が叫んだ時、誰も姿を見せないなか、真っ先に駆けつけたのが、アドルフであった。アドルフの姿を見た副曹長は、

「いつも君ばかりではないか」

と驚いたが、アドルフは、

「私は全く問題ありません。他の仲間は静かに眠らせておいてください」

と言うと、命令を聞き、走り出した。軍服を脱ぎ捨てて眠る伝令兵が多いなか、アドルフは常に装備を身につけていたのである。伝令兵は二人一組で行動することが通常であったが、このような時は、アドルフ一人で職務を遂行した。頼まれてもいないのに、他の伝令の任務をすすんで代行することもあった。

さすがのアドルフも疲れがみえて、顔は土気色に変わった。

「立って向こうに行け」

という声が突如として、何度も聞こえることもあった。幻聴か。余りにもしつこいので、アドルフは戦友と塹壕で夕食をとっている最中だったが、飯盒を持って歩を進めた。適度なところで止まり、夕食を食べ始めた時、閃光と轟音がアドルフの身体に押し寄せてきた。振り返ると、ついさっきまでいたところに砲弾が落ちて、破壊されている。戦友たちの身体は、バラバラとなり、無残な状態であった。

一九一六年初夏、アドルフが属する連隊は、フランス北部の激戦地・ソンムに移動した。イギリス・フランス軍の絶え間ない砲撃が続き、一メートルごとに砲弾の破片が飛んでくる戦場を、アドルフたちは進んだ。戦況は一進一退を繰り返していた。

十月七日の夜、アドルフは伝令仲間と共に、狭い塹壕の中で眠っていたが、突如として敵の砲弾がさく裂、アドルフは大腿部に傷を受けた。流れ出る血を押さえながら、アドルフは叫んだ。

「重傷ではないでしょう。私は、連隊と一緒にいられますよね？」

アドルフの願いは空しく、彼はベルリン近郊の野戦病院に送られた。ソンムの戦いは、最終的に両軍合わせて百万人以上の死者を出すことになるが、アドルフはその戦列を離れたのである。アドルフは後に、ソンムの戦いを「戦争というよりはむしろ地獄だった」と形容している。

長きにわたる戦場生活を送ってきたせいで、アドルフは看護する女性の声を聞いただけで、ひきつけを起こさんばかりに驚いた。男にまみれた戦場で、女性の声を聞くことがなかったからだ。快適な建物の白いベッドで眠りにつくことができるというのも、狐につままれたような感じで、なかなか寝床につかない人もいたほどだ。

「お前さん、どこの出身だい」

アドルフの左隣のベッドに座っている無精ひげを生やした男が、寝ているアドルフに問いかけた。

「自分の故郷は、オーストリアではなく、歩兵第十六連隊だ。傷が治れば戦場に戻る。戦争が終われば、ミュンヘンに住むつもりだ」

アドルフが真面目な顔で答えたので、その男は、

「あんた、また戦場に戻りたいのか。俺はあんな所になど、二度と戻りたくないね。死にたくないしな。戦場が嫌で嫌で仕方がないから、ほら、俺は病院に入るために、手で鉄条網をひっかいたんだぜ」

自慢げに繃帯を撒いた両手をみせびらかした。すると、今度はアドルフの右隣に寝ている若い男が、

「私は、敵の銃弾に当たりたいがために、右足をあげていたんだ。見事、命中したよ」

嬉し気に言った。

「あんた、勇気があるね」

無精ひげの男が身を乗り出して称えたので、若い男は照れたように鼻をこすった。二人の会話を聞いて、

「大した度胸だ」

と褒める声もあったが、大半の者は黙って聞いていた。アドルフは、二人の会話に対する嫌悪の情が湧き出てきて、吐き気を催しそうであった。アドルフと同じ想いだったのだろう、憤然とした顔で、席を立つ者もいた。

「この戦争に勝ち目はないよ。何れ敗けるさ」

無精ひげの男が得意顔で言ったので、さすがにアドルフはカチンときて、

「何を言うか！　ドイツは勝つ！　そして、イギリスの敗北は火を見るよりも明らかだ」

指先を男に突き付けて、怒鳴った。アドルフの剣幕に男は気圧されたのか、それ以上は何も言わず、おかしな奴だという顔をして、ベッドに潜った。

アドルフは傷が良くなってくると、首都ベルリンを散策、国立絵画館を見学した。約七週間の治療生活は終わり、アドルフはミュンヘンに行き、バイエルン第十六歩兵連隊の補充隊に入隊する（一九一六年十二月三日）。しかし、この頃には、無精ひげの男が言っていたように、ドイツの敗色は濃くなっていた。ドイツ首相ベートマンは、和平の提案をイギリスやフランスに対してもちかけるほどであり、西部戦線においても勝利の見通しは立っていなかった。

ミュンヘンにも人々の「不平・不満・悪口」、そして反戦の空気が渦巻いていた。そのような空気を肌で感じたので、懐かしいミュンヘンも、アドルフにとってはもはや見覚えがない場所のように感じた。

一九一七年三月、アドルフは戦場に復帰する。犬のフルクスは、久しぶりに主人の顔をみかけると、ワンワン鳴いて飛びかかってきた。アドルフは、フルクスを抱き上げて頭をなでた。

「その犬を譲ってくれないか」

丸々と太った一人の兵士が物欲しそうな、羨ましそうな顔で、アドルフに語りかけてきた。

アドルフは、その男を睨みつけて、

「お断りだ」

とぶっきらぼうに言った。

「二百マルク出すから」

兵士は拝むように懇願したが、

「二十万マルク出すと言われても、譲らん」

アドルフは背を向けて、その兵士の側から去った。フルクスが突如、姿を消したのは、それから数か月後、八月に入ってからのことである。誰かに盗まれたのだ。

（あの豚野郎）

怒ったアドルフは、太った兵士の行方を狂ったように捜したが、とうとう見つけることはできなかった。

*

一九一八年十月十四日夜——銃声が止んだかと思えば突然、身の毛がよだつような轟音が響いてきた。イギリス軍の砲撃が始まったのだ。味方も射撃と砲撃を開始した。砲撃の応酬は、しばらくして止んだ。

味方の兵士は、疲れきっていた。食料は不足し、犬や猫の肉まで喰らわなければならない日もあった。アドルフの好物は、蜂蜜をたっぷり塗ったトーストであったが、仕方なく猫肉を食べることがあった。犬肉は食べる気にはならなかった。この夜も、猫のもも肉焼きが配給された。毛皮付きのチキンのような味がした。

食べ終わると、アドルフは軍服に付けた鉄十字章を見つめた。二か月前の八月四日、アドルフは一級鉄十字章を授与されていた。フーゴー・グートマンというユダヤ人中尉が推薦し、彼の手から渡された。職務に忠実で、数々の危険な任務を遂行したことが評価されたのだ。

アドルフは、鉄十字章を撫でながら、ドイツ本国の状況を想った。一九一八年に入ってから、ドイツ全土では労働者によるストライキが起こった。停戦・和平が彼らの要求であった。国民は四年にわたる戦争に倦んでいたのだ。アドルフは、鉄十字章を握りしめ想った。

（本国が戦争の勝利を望んでいない。ならば、我々は何のために戦っているのか。途方もない犠牲と苦難は何のためだったのか。兵士は勝利のために戦うべきと言いながら、本国では和平を望むストライキとは一体、何なんだ。祖国の背中を刺している兵役忌避者や共産主義者はクズのような奴らだ）

怒りで目を血走らせている時、

「毒ガスだ！」

夜の闇を切り裂く声がした。靄のようなものが、辺りに漂い始める。

「退避せよ！」

イギリス軍によるガス榴弾の速射があり、アドルフの部隊は後方に退いた。眼を押さえながら、苦しみもがいている兵士が既に多数現れていた。息絶えている者もいる。朝になると、アドルフの眼も、十五分おきに、凄まじい痛みと苦痛に襲われた。両眼が灼けるように熱い。歩くこともできずよろめき、次第に視力がなくなっていった。アドルフはパーゼヴァルク（北ドイツ）の病院に運ばれ、治療を受けた。

（私の眼は見えなくなってしまうのか）

もう絵も描けない、新聞も本も読めない、舞台も見れない……深い絶望の淵にアドルフは沈んでいった。

第５章

国民社会主義ドイツ労働者党──ナチス

「いよいよ始まるぞ」

「二・三週間のうちに、始まるそうだ」

森に囲まれた軍事病院のベッドに横たわるアドルフの耳に「始まる」という人々の声が、さざ波のように聞こえてきた。アドルフの眼はまだボンヤリとしか見えず、眼帯もしており、新聞は読むことはできなかった。人の声が情報源であった。

（何が始まるのだろう、また労働者によるストライキか）

アドルフは、不愉快な気分に浸りながら、日々を過ごしていた。誰とも話す気分になれなかった。失明の恐怖が、アドルフを常に脅かしていた。ところが、マスタードガスを浴びてから二週間以上経つ頃には、症状は快方に向かった。

眼窩の刺すような痛みは和らぎ、徐々に周囲のものが見えるようになった。アドルフの心は、幾分安らいだ。が、何か得体の知れない不安感は、残っていた。その不安感を（始まるぞ）という言葉がかき立てるのだ。

一九一八年十一月上旬、突如、水兵がトラックに乗って病院にやって来て、

「革命だ！」

「革命万歳！」

と声高に叫び始めた。アドルフは、祖国に何か異変が起こったことを感じたが、それはせい

ぜい、病院があるパーゼヴァルク周辺での出来事であろうと想像していた。そして、この革命騒ぎは、海軍が起こしたものであり、数日すれば鎮圧されるだろうと、目を瞑りながら、考えていた。しかしそれから、数日が過ぎた十一月十日、品の良い牧師が病院の小講堂に現れて、厳粛な面持ちで、

「戦争はドイツの敗北に終わりました。ドイツは降伏したのです。そして、皇帝は退位され、祖国は共和国となりました。ドイツに対する王家の功績は、偉大なものでした。それは永遠に残ることでしょう。私は、神が将来も我が民族を見捨てないように乞わねばなりません」

と、震える声で、涙を流しながら言った。講堂には多くの者が集まっていたが、誰も声を発しなかった。静寂が皆を包んでいたが、しばらくすると、すすり泣く声があちこちから聞こえ始める。牧師はぐるりとその光景を見回すと、

「我が祖国は敗戦の憂き目を見たのです。将来、重い圧制にさらされることでしょう。休戦は、敵の度量の大きさを信じて受諾されたと聞いていますが、果たしてどうなるか……」

再び重い調子で語り出した。アドルフは、牧師の話が始まると、片方の耳を塞ぐようにして、よろめきながら、病室に戻った。そして、ベッドにうつ伏せになり、枕に頭をうずめた。自然と涙が溢れ出てきた。母の墓前で泣いて以来の涙であった。毒ガスに目をやられ、猛烈な痛みと失明の恐怖に苦しんだ時も、前線で戦っている兵士や、戦場で命を散らした兵士のことを想

い、涙をこらえた。

（幾千の者がお前より苦しい状態に陥っているのに、それでも泣こうというのか）

心中で絶叫し、自らを叱咤したのだ。しかし、今回のドイツの敗戦と皇帝の退位、革命という祖国の不幸は、アドルフの心を引き裂いた。

（かくしてすべての犠牲はムダであった。あらゆる犠牲、あらゆる辛苦はムダだった。際限なく幾月も続いた飢えや渇きもムダだった。しかも、我々が死の不安におそれながらも、我々の義務をはたしたあの時もムダだった。自己の民族に捧げうる最高の犠牲をかくも嘲笑にみちた裏切りで、故郷へ復讐の亡霊として送られてはならなかったのではないか。こんなことのために、一九一四年八月と九月にかれら兵士たちは死んだのだろうか。これらいっさいのことは、いまや一群のあさましい犯罪者の手に祖国を渡さんとするために生じたことなのか。みじめな堕落せる犯罪者よ！）

革命に対する憤激と、敗戦の無力感が一度にアドルフの胸に突き刺さった。

ドイツは、敗れた。一九一七年にアメリカが参戦して以降、ドイツの敗色は更に濃くなり、ドイツ国内では軍部への反発や反戦の気運が盛り上がっていた。ストライキ、デモや暴動が頻りに起るようになっていた。

一九一八年十月二十九日、ドイツ海軍の水兵約千人が出撃命令を拒否し、逮捕され、キール

（ドイツ北部の都市）軍港に送られるという事件が起こる。キール軍港に駐屯していた水兵は、仲間の釈放を求めたが、上層部が拒絶したため、十一月三日には、兵士や労働者によるデモが発生。軍隊がデモに向かって発砲したことにより、蜂起した兵士や労働者は港湾を制圧し、赤旗が掲げられた。翌日には、労働者・兵士レーテ（評議会）が結成される。

反乱は、ドイツの主要都市に飛び火し、十一月七日には、バイエルン王ルートヴィヒ三世が退位、代わってレーテ（評議会）が権力を握った。バイエルン州では、ユダヤ人のクルト・アイスナー（独立社会民主党）が暫定首相に任命された。ドイツの主要都市は労兵レーテの手に落ちた。首都ベルリンでもストやデモが起こり、皇帝ヴィルヘルム二世は退位、十一月十日にオランダに亡命した。これによって、庶民出身で社会民主党党首のフリードリヒ・エーベルトを首班とする政府が誕生する。ドイツは共和国となった。

十一月十一日には、フランスのコンピエーニュの森の列車において、ドイツと連合国の休戦協定が締結された。世界大戦は終結したが、ドイツは混乱の渦に巻き込まれ続けることになる。

＊

十一月下旬になると、アドルフの眼は粘膜の炎症以外の症状はなくなったので、退院が決まった。十一月二十一日、ベルリンを経由してミュンヘンに戻ったアドルフは、バイエルン歩兵連隊の兵舎に落ち着いた。この兵舎もすでに、共産主義者や社会民主主義者からなるレーテの支配下にあった。

「帽章を取れ、帽章を取り外すんだ」

アドルフが、兵舎に戻り、レーテ側の男に横柄な態度で言われたことは、兵士の位を示す帽章を取れということだった。アドルフは、男を睨みつけると、無言で帽章を取り、男の胸に押し付けた。兵舎の規律は乱れ、戦場で戦った兵士に対する敬意など微塵もない有様であった。

（こんな所はすぐに去らねば）

アドルフは不快な気持ちになり、兵舎を去りたいと思ったが、よくよく考えてみると、兵舎を去っても待っているのは、飢餓と貧困であろう。多くの国民は生きることに懸命で、絵を買うなど思いもよらないはずだ。そうなると、戦前のように、絵描きの仕事で食べていくわけにもいかない。

（しばらく、ここで様子をみるか）

冷静に頭を働かせたアドルフは、豚小屋のような兵舎に残ることにした。西部戦線で共に戦った戦友が次々と兵舎に戻ってきたが、その中には、アドルフと同じ伝令兵のエルンスト・シュミットがいた。二人は、知り合いであり、再会を喜び合った。帰還した兵士で、職業を持っている者は、次々と兵舎を去っていた。

「ミュンヘン東南のトラウンシュタイン捕虜収容所の老齢の監視兵を退役させることになった。補充として、二十数名を派遣するので、希望者は申し出よ」

点呼の際に発表されたこの話に飛びついたアドルフは、シュミットとともに、トラウンシュタイン捕虜収容所に出かけることにした。十二月六日のことである。

同地の収容所では、ロシア人やフランス人などの捕虜が千六百人も収容されていた。だが、捕虜は徐々に故国に帰されていたために、アドルフらの仕事は殆どなかった。そのため、年明けの一月下旬、アドルフらはミュンヘンの兵舎に戻り、物資の移動や片付けなどに従事することになった。そうした仕事も微々たるもので、退屈で死にそうなほどであった。

「何かすることはないですか」

アドルフらは、仕事を要求し、古いガスマスクを検査する作業を与えられた。簡単な仕事であるにもかかわらず、一日三マルクの収入があったので、喜んで従事した。収入のお陰でオペラに行くこともできた。

労兵レーテを嫌っていたアドルフだが、背に腹は代えられないということで、社会主義者が身につける赤い腕章をつけて兵舎で作業をしながら、世の激動を見つめていた。

革命後のドイツは混乱を極めていた。ベルリンでは極左組織スパルタクス団なるものが結成され、暴力革命を目指していたが、それに反発する勢力として義勇兵団が登場、両者は抗争を繰り広げていた。軍隊出身者からなる義勇兵団を率いるは、グスタフ・ノスケ国防相であった。ノスケは武力をもって、革命勢力を鎮圧していった。

一九一九年一月十九日には、国民議会選挙が行われ、社会民主党や中央党が多数の議席を獲得した。血生臭いベルリンは、安全ではなかったので、ベルリンの南西にあるワイマールで国民議会が開催された。臨時大統領にはエーベルトが、首相にはシャイデマンが選出された。二月二十一日には、バイエルン自由州の暫定首相アイスナーが、右翼将校によって暗殺される。

三月にはベルリンでまたしても過激な左翼組織や労働者が蜂起し、警察署等を占拠した。この暴動を国防大臣ノスケは、大砲と機関銃によって鎮圧、労働者は裁判抜きで射殺された。

四月、ロシア出身の革命家オイゲン・レヴィーネによって、ソビエト寄りのバイエルン・レーテ共和国が成立する。レヴィーネの父もユダヤ人であった。ノスケは、この社会主義政権を打倒するため軍隊を投入、ミュンヘンに攻め上らせ、一ケ月足らずで目的を達した。討伐軍による共産主義者の虐殺と、赤軍による人質の殺害により、ミュンヘンは死体に覆われた。

アドルフは、秩序乱れる社会を眺めながら、自分には何ができるかを考えた。しかし、いくら昼夜を問わず考えても、最終的に思い至ることは、自分は無名・無力の人間であり、何もできないということであった。連隊の兵舎で、つまらない仕事をやっていくしかない。そうしたなかでも、アドルフは、労兵評議会レーテの選挙で委員に選出された。四月十五日のことである。

「ミュンヘン労兵評議会共和国のもとにあるミュンヘンの兵士諸君に告ぐ。全兵舎はレーテ共和国を防衛するため、あらゆる兵隊と武装した労働者は団結している」

とのビラをかつては配ったこともあるが、アドルフは本心からレーテに賛同していたわけではなかった。椅子の上に立って、アドルフは同僚の兵士に次のように呼び掛けることもあった。

「戦友諸君、我々はよそからやってきたユダヤ人に手を貸すための革命部隊ではない。中立を守ろうではないか」

前述のように、バイエルン・レーテ共和国は、政府軍の攻撃によって崩壊するが、五月一日には、アドルフがいる兵舎にも、政府軍が現れる。そして、レーテの委員ということで、アドルフを逮捕しようとしたのだが、複数の上官が、

「ヒトラーは、本心からレーテに従っているわけではない」

と証言してくれたので、逮捕をまぬがれた。兵舎は反革命軍の支配下におかれることになった。アドルフは、歩兵第二連隊の革命経過調査委員会で働くことになる。除隊兵と面談し、レーテの革命政権に関係していたか否かを尋問する仕事である。つまり、共産主義側に付いていた兵士を見つけ出すことが役目である。レーテの委員をしていたアドルフのことを「スパ

イ」「犬」と陰口を叩く者もいたが、アドルフは気にせず、職務に邁進した。その働き振りが評価されて、アドルフには次なる仕事が与えられた。

それは、復員兵や捕虜収容所から帰還した兵士に「高揚した責任感と献身の気持ちと、政治的な基本思想と民族の自信に対する理解」を植え付けることである。要は、兵士に愛国心を持たせると共に、反共産主義的思考を育てることだ。

そのために、アドルフ自らも講習を受けることになった。場所はミュンヘン大学。一九一九年六月五日から十二日までの第一次研修と、六月二十六日から七月五日までの第二次研修があり、大学教授フォン・ミュラーや作家フォン・ボートマーなどがドイツ史、戦争の政治史、社会主義の理論と実際、経済の現状と平和の諸条件といったテーマで講義をした。その中でも、アドルフの興味をひいたのが、経済学者ゴットフリート・フェーダーの経済問題に関する講演であった。この時、三十六歳のフェーダーは、利子の廃絶や銀行の国有化を熱っぽい調子で語りかけた。

アドルフは、講義の後には、他の研修生と議論することもあった。いや、議論というよりも、アドルフが一方的に喋りまくっていると言ったほうが適切であろう。兵舎での生活においても、アドルフは皆が眠っている時でも起きていて、歩き回ったり、誰かに話しかけたりして、苦情が集中している状態であった。そのために、二階の小さな個室、窓に鉄格子がはめてあるような部屋に移されたほどだった。しかし、アドルフは、誰にも思索を邪魔されない環境を喜んでいた。

ある日、フォン・ミュラー教授の講義終了後も、アドルフは、研修生を前に一席ぶっていた。

「かつて、私はマルクス主義の新聞を読んで、ある事に気が付いた。発行人を始めとして、みんなユダヤ人だったのだ。社会民主主義のパンフレットも買って、編集者を調べた。これもユダヤ人だ。汚らわしい淫売業の支配人もユダヤ人だ。私は背筋がゾッとするのを覚えた。そして、熱狂的な反ユダヤ主義者になった。私はユダヤ人からドイツを守るために戦うのだ」

ブルーの眼を輝かし、垂れ下がった前髪を振り乱し、熱を帯びて語るアドルフ。語り終えると、短く刈り込まれた口ひげを手で少し触った。聴衆は、陶酔したように、アドルフの顔を見つめて、ただ聞きいるばかりであった。汗を拭うアドルフに、

「ヒトラー、こっちへ来い」

と命じたのは、上官のカール・マイル大尉。アドルフは、突然の呼びかけに驚き、何だろうと当惑気味にマイルのもとに近寄った。マイルの側には、今日の講師のミュラー教授がいる。

マイルはアドルフに、

「ミュラー教授が、君の演説を聞いて、生まれながらの雄弁家と大層、褒めておられる」

と言い、ミュラー教授のほうを見た。教授も、

「ヒトラー君、君の話に皆が魅入られていたよ。興奮状態を君が作ったのだ。素晴らしいことだ」

とアドルフの語りを絶賛。マイル大尉は、アドルフの演説の才能を見込んで、共産主義への共鳴を示す帰国したドイツ人捕虜に「改宗」を促すために講演するようにと命じた。

一九一九年の夏になると、アドルフはもう一つの仕事を任された。それは、ミュンヘンに誕生した急進的な政治組織の調査である。調査対象には「ドイツ労働者党」という組織があった。九月十二日、アドルフは、ドイツ労働者党の会合に潜入した。同党は、同年一月に、アントン・ドレクスラーという機械工出の男が、経済学者のフェーダーや劇作家で右派活動家のディートリヒ・エッカートらと共に立ち上げた政党である。反共主義や反ユダヤ主義を掲げるも、党員は五十名足らずと小世帯であった。同党のバックには、トゥーレ協会(一九一八年、ミュンヘンで設立)という結社も控えていた。トゥーレ協会は、アーリア民族の優越性を強調、反ユダヤ主義を標榜し、鉤十字(ハーケンクロイツ)をシンボルマークとした。クルト・アイスナー暗殺の裏には、トゥーレ協会が暗躍していたとされる。

さて、アドルフのドイツ労働者党への潜入であるが、会合はミュンヘンのシュテルンエッカーブロイ(酒場)で行われた。

「ドイツ労働者党が近く集会を開くようだ。フェーダー先生もそこで演説をされるようだが、この団体がどのようなものか、調べてきてほしい。団体の内情をその眼でみて、報告してほしいのだ」

上官のマイル大尉の言葉を思い返しつつ、アドルフは酒場へと急いだ。酒場の扉を開けると、煙草とビールの匂いが、鼻に押し寄せてきた。アドルフはムッとしたが、煙を跳ねのけるようにして、記帳台に進み名簿に「アドルフ・ヒトラー　上等兵」と記した。参加者名簿を見ると、医師や画家・作家・学生・軍人がいたが、最も多いのが手工業者で十六名であった。その日の会合には、四十五名ほどが参加していた。

会合が始まった。まず、フェーダーが「資本主義を打倒する方法と手段」というテーマで話しを始めたのだが、アドルフは以前に彼の講演を聞いていたので、

（また同じ話か。もう十分だ）

と退屈し、うんざりしていた。二時間でフェーダーの講演が終わると、討論の時間となった。アドルフは、討論の時間がなければ、フェーダーの話が終わり次第、酒場を飛び出していただろう。バウマンと名乗る教授がフェーダーに質問した後で、自説を語り始めた。

「バイエルン州は、ドイツから独立し、オーストリアと同盟を結ぶべきだ。そうすれば、もっと良い平和が来ることだろう」

教授は、自分の意見は絶対に正しいと言わんばかりに、胸を逸らせながら、気持ちよさげに

拳を振っている。

(バイエルンはドイツから独立し、オーストリアと同盟を結ぶべきだと。何という馬鹿なことを言うのだ)

アドルフは、教授の意見に我慢がならず、挙手をして、発言の機会を得た。まず、教授を睨みつけると、アドルフは名前を述べた後に、溜まったものを吐き出すように、勢いよくまくしたてた。

「オーストリアには、チェコ人、ポーランド人、ハンガリー人、セルビア人、クロアチア人、そして人類の永遠のバクテリアであるユダヤ人が居住している。まるで、近親相姦の権化のようなところだ。オーストリアは古いモザイクのようなもの。一撃を加えれば、たちまち小さな破片となってしまうであろう。そのような国と同盟を結ぼうなどと、馬鹿も休み休みに言うべきだ」

左手の人差し指を教授に向けて、アドルフは吠えた。

「そうだ」

「その通りだ」

聴衆の中には、アドルフを援護するかのように、叫び出す者もいる。教授は何か反論しようとしたが、アドルフが手を広げて、声を大にしたので、口をつぐんだ。

「先の大戦におけるオーストリアとの同盟も無意味であった。ドイツ主義の確保は、オーストリアの滅亡を前提としているのだ。ハプスブルク国家の崩壊の日、ドイツという母国と合併しようというドイツ系オーストリア民族の叫びは、決して忘れえない父家に復帰しようとする、全民族の感情の結果であった。その叫びを、あなたは理解しているのか」

汗を振り乱して語るアドルフに恐れをなしたのか、反論の余地がなかったのか、教授は水をかけられたプードル犬のようにしょんぼりして、会場を去った。アドルフが会場を見回すと、聴衆は口を開けて驚いた顔をしている。身振り手振りを交えて、迫力ある口調で言葉を吐き出すアドルフに圧倒されたのだ。

「私の話は以上です。ではまた」

最前の絶叫が嘘のように、落ち着いた声でアドルフは聴衆に別れを告げた。ビールを飲む男たちの間をすり抜けて、出入口まで来たアドルフに後ろから声をかけてきた人間がいた。顔を見ると、眼鏡をかけ、口髭を生やした風采のあがらない三十代くらいの男である。男は名前を名乗ったが、喧噪によってかき消され、アドルフにはよく聞こえなかった。が、ドイツ労働者党の関係者であることは何となく分かった。

「どうか、これを読んでくれ、そしてまた訪ねてきてほしい」

男は言うと、いきなりパンフレットのようなものをアドルフの手に押し付け、去っていった。

アドルフが手にしたその小冊子はピンクの表紙をしており「わが政治的目覚め」と題名が書いてある。先ほどの男がドイツ労働者党を創設したアントン・ドレクスラーであることをアドルフは後に知ることになる。

（これを読めば、この団体のことを、手っ取り早く知ることができよう。そうすれば、こんな退屈な集会にはもう行かなくてすむ）

内心ほくそ笑みつつ、アドルフは兵舎の二階にある自分の部屋に戻り、眠りについた。朝五時に目覚めたアドルフは、床にパンの残りかすと皮を置いた。すると、たちまち、小さなネズミが現れて、パンをかじり始めた。薄い笑みをもって、ネズミを見つめるアドルフ。夢中でパンにかじりつくネズミを見ることが、最近の朝の日課になっていた。腹をすかしてパンを食べるネズミを見ていると、空腹のなか公園のベンチで寝たかつての自分のことが思い出されてくる。パンを食べ終わり、満足気にちょこまかと動き始めたネズミを見ることが、アドルフには嬉しいのである。

昨夜に男から渡されたパンフレットは、ベッドの片隅に置いてある。それを手にしたアドルフは、パラパラとめくり始めた。男がアントン・ドレクスラーであること、かつてドレクスラーが労働組合によって仕事場から追い出されたこと、そのためカフェで弦楽器を弾いて金を稼いだこと、ユダヤ人による毒殺未遂事件のこと、ユダヤ民族が世界を破滅させるという意識を持っていることなどが書き連ねてあった。

アドルフは、ドレクスラーの半生が自分の辿ってきた道と少し似ていると思い、親近感を持った。その日は、ドイツ労働者党やドレクスラーのこと、自分の惨めな過去を思い返したりしたが、四・五日経てば、ドイツ労働者党のことは忘れていた。そうした時に、ドイツ労働者党からの一通のハガキが届いたのだ。

（集会の誘いか）

と思って、アドルフがハガキの文字を追うと、そこにはこう書いてあった。

「貴君をドイツ労働者党に加入させたから、それについて話をしたい。来週水曜日、党の委員会に出席願いたい」

アドルフはハガキの文字を二度見した。

（勝手なことを！　何て強引な）

怒りの感情が一時噴き上げてきたが、すぐに笑いがこみあげてきた。強引すぎる党員獲得法が可笑しかったのだ。既成の政党への加入を考えていなかったアドルフは、ペンを持ち断りの手紙を書こうとしたが、思い直して、水曜日の会合に出ようと決めた。

ドイツ労働者党について、もう少し調べてみたいという意欲が出てきたのだ。

会合はミュンヘン市内の「アルテ・ローゼンバート」というレストランで開催されるとのこ

とで、アドルフは水曜日にそのレストランの前に立った。普段なら立ち寄りたくないと思うような、みすぼらしい店である。店に入ると、壊れかけのガス灯の下に、店の主人と客三人がいて、いっせいにアドルフのほうを向いた。

アドルフは薄暗い部屋を通り、会議をしていると思われる別室の扉を開けた。四人の若者が、ガスランプが点滅しているなか、額を寄せ合っている。その中には、パンプレットをアドルフに押し付けた男——ドレクスラーもいた。ドレクスラーは、アドルフに気付いたようで、一瞬驚いた顔をした後に、喜色満面となり、

「ヒトラー君、来てくれたのか。まさか、来てくれるとは思わなかったよ」

アドルフのもとに駆け寄って、強引に握手をした。

「先日はどうも。改めまして、私は、ドイツ労働者党の副議長アントン・ドレクスラーと言います。みんな、こちらが新しい党員のアドルフ・ヒトラー君だ。彼は、とても弁が立つ男なんだ」

ドレクスラーは、三人の男に、アドルフを紹介した。アドルフは軽く頭を下げた。

「党の議長カール・ハラーを待っているところだ」

そうドレクスラーは言って、アドルフに着席するよう促した。ハラーは、トゥーレ協会のメンバーであり、同協会が発行する新聞『フェルキッシャー・ベオバハター』(民族の観察者)のス

ポーツ・ジャーナリストでもあった。

アドルフが、レストランのメニュー表を眺めていると、ガニ股歩きで、二十代くらいの男が扉を開けて入ってきた。温厚な顔つきのその男が、ハラーであった。

ハラーは席につくと、書記役の若者に前回の会議の議事録を読み上げさせた。その後には、会計係の男性が党の財産を発表した。残高は七マルクということだった。続いて、ドイツ労働者党に宛てられた三通の手紙が読まれた時に、ハラーが、

「党の知名度もあがってきたのではないか」

笑顔で党員の顔を見まわした。

「返事の文章を考えねばならんな」

返信文をどうするかが、議論された。それはいつ終わるかしれなかった。

(財産も少ないし、会議もつまらない事ばかり議論して、とんでもないインチキ団体だ。こんなクラブに私は入らなければいけないのか)

アドルフは心の中で頭を抱えた。話題は、いつの間にか新党員の資格に関することに移っていた。

「ヒトラー君、何か質問はないですか」

ドレクスラーが、アドルフに尋ねた。アドルフは矢継ぎ早に質問した。

「党の綱領はあるのですか？」

「ビラはあるのですか？」

「党員章はありますか？」

「ゴム印はありますか？」

全ての答えは、ノーであった。

「帰ります」

アドルフが席を立とうとしたので、ドレクスラーが、慌てた調子で、

「待ちたまえ、党の正式な綱領はないが、草案はある」

と言い、タイプライターで打たれた紙をアドルフに渡した。アドルフはそれを読んだが、反ユダヤ主義や民族主義を掲げるとあるだけで、不明瞭で曖昧なものであった。会合は終わった。

アドルフは兵舎に帰ってからも、ドイツ労働者党に加入するべきか否か、考え続けていた。答えは既に出ているはずだった。

（あんな弱小政党に入るなんて、無意味だ）

帰り路から、アドルフの心はそう叫んでいた。しかし、その一方で、次のような心の声も聞こえてきた。

（いや、弱小政党であるからこそ、組織としてまとまっていないからこそ、可能性があるので

はないか。個人的な活動の余地が残されているのではなかろうか。運動が小さければ小さいほど、その運動を正しい形にすることができるのだ）

二日間、アドルフはああでもないこうでもないと悩んだ。そして、ついに一つの結論に達した。

（決めたぞ！　正式に、ドイツ労働者党の党員になろう）

アドルフは入党を申請し、第七号の仮党員証を受け取った。

＊

染め直したコートを羽織り、アドルフは今日も、ドイツ労働者党の会合に参加した。場所は、いつもの質素なレストラン――アルテ・ローゼンバート。部屋に入ると、アドルフはすり減った帽子をとり、皆に挨拶をした。顔ぶれは、いつも同じで、七人だけだった。

この日、アドルフは、党の今後に関わる提案をしようと考えていた。

「勧誘は進んでいますか？」

議長のカール・ハラーが、副議長のドレクスラーに党員の獲得について、尋ねた。ドレクスラーは、

「正式な党員にはなっていませんが、将来、可能性のある者が二人ほどおります」

幾分申し訳なさそうに、ハラーの顔を見ていった。

「結構だ」

何も問題はないといった調子で、ハラーは書類に目を落とした。少人数の仲間内だけで、政談をする、ハラーはそれで良いと考えていた。党員はそれほど増やす必要はないと。

「議長」

アドルフが挙手をして、発言を求めた。

「何でしょう」

ハラーはアドルフの方を向いた。

「この少人数のカードクラブのような状況を変えるべきです。現状では、いつまで経っても、党員は多くなりませんし、党の歳入も増えません。いつか党は消えてなくなるでしょう」

加入したてのアドルフがハラーの眼を見つめて、真剣に直言した。ハラーは少し嫌な顔をした後で、

「といって、党員を増やす有効な手段はあるんですか」

横目でアドルフを見た。アドルフは眼をハラーから逸らさずに、

「大規模な集会を開くべきです。公開集会をもっと開くべきです」

声を大きくした。

「人は集まるのですか。多くの人が集まらなければ意味はない」

「やってみなければ分かりません。集会をやりましょう。集会では寄付金も募るのです」

アドルフの言葉を受けて、ドレクスラーも、

「議長、ヒトラー君の言う通りです。現状では何も変わらない。やってみましょう」

意気盛んに訴えた。二人の気持ちに押されて、ハラーは渋々、集会を開いていくことに同意した。

アドルフは、兵舎に帰った後に、手書きで公開集会への呼びかけのチラシをつくった。集会はいつものシュテルンエッカーブロイというビアホールで開催されることになった。当日の夜、アドルフたち七人は酒場に向かい、席についた。待てど暮らせど、誰も現れなかった。ハラーは、アドルフに何も言わなかったが、

（それみろ）

と勝ち誇った表情をしていた。成功せずとも、アドルフはくじけなかった。今度は、呼びかけを謄写版刷りにしてみた。数日後、集会を開くと、五人の出席者があった。党員の数も増えてきた。新たに加わった党員は十一名。しばらくすると、三十四名となった。集会で集められた寄付金を使って、新聞『フェルキッシャー・ベオバハター』に広告を載せてもらった。

「ドイツ労働者党　十月十六日午後七時　ホーフブロイハウスにて集会」

多額の経費を使って、広告を載せてもらったので、もし参加者が少なければ、党は破産に追い込まれる。伸るか反るかの大博打であった。

「人は集まるのか、集まらなければ党は終わりだ」

ハラーは、いつにも増して悲観的になり、日頃の会合でも愚痴を連発した。アドルフのことを「誇大妄想だ」とまで批判するようになった。

その度に、アドルフは、

「大丈夫、きっと多くの人がやってくる」

威勢よく反論した。当日の午後七時、会場には七十名ほどが集まってきた。煙草の煙が立ち込める淀んだ空気のなか、アドルフは演壇に立った。二人目の弁士であった。三十分間、感情に身を委ねるまま、ユダヤ人や共産主義者に対する威嚇や告発の言葉を吐き続けた。演説が終わると、顔一面が汗で濡れていた。万雷の拍手が起り、熱狂が会場を支配した。

(私は話せたのだ)

アドルフの身体に、疲労感と満足感が入り乱れる。聴衆は、熱に浮かされ、競うように寄付金を提供し、その額は三百マルクにのぼった。党は破産せずに済んだばかりか、パンフレットを印刷する資金までが手に入った。

ドイツ労働者党は、集会を頻繁に開催するようになった。十一月十三日にはエバールブロイというビアで開催され、百三十名が集まった。この時には、入場料が徴収された。同月二十日の集会には、百七十名以上の参加者があった。十二月十日には、これまでより大きなビアホール、ドイッチェス・ライヒで集会が催されたが、来場者は前回より減った。

「頻繁に集会を開き過ぎたのだ。これからは、集会の数を減らすべきだ」

ハラーを始めとする数人の委員が、集会の中心にいつもいるアドルフに矛先を向けた。

「人口七十万のミュンヘンでは、二週間に一度、いや一週間に十回の集会でも少ないくらいだ。我々が踏み出した一歩は正しいのだ。成功は必ず訪れる」

机を激しく叩いて、アドルフは応酬した。ドレクスラーは、アドルフの演説の才を見込んでいたので、

「彼を宣伝責任者の地位につけるべきだ」

と提案。アドルフはその地位につき、党を改善していった。

「事務所くらいなくてどうする」

と言っては、事務所に使う部屋（元酒場シュテルネッカーブロイ）を借りてきたり、

「党に綱領がないのは、おかしい」

と言っては、ドレクスラーと綱領作成に邁進した。

「勝手に綱領を作るべきではない。これまで、我が党はトゥーレ協会の指示に従って、運営をしてきた。これからも、そうすべきだ」

ハラーは、綱領の策定に反対したが、アドルフは、

「党には綱領が必要だ」

と譲らず、意見は対立。とうとう、ハラーが党を飛び出す事態となった。最近はアドルフの働きによって、集会も活気が付き、党員も徐々に増えてきていた。小さなものであっても、その功績が物を言ったのである。ドレクスラーや数人の委員も、アドルフに味方をした。邪魔者がいなくなったことで、アドルフの意見は通りやすくなった。

綱領の検討は、ドレクスラーの自宅で何度も行われた。経済専門家のフェーダーも交じることがあった。ドレクスラーの家に入ると、彼の幼い娘が、アドルフに抱き着いてきた。家に来る度に、少女を可愛がったので、すっかりアドルフに懐いていたのだ。アドルフは、少女の頭を撫でてやったり、膝に乗せて遊んでやったりした。

「アドルフおじさん、また遊んでね」

少女は帰り際には、いつもそう言った。一九一九年十二月のある日の晩も、アドルフとドレクスラーは、綱領について頭をひねっていた。

その日も既にもう何時間も考えていた。これまで考えてきたものを、全て盛り込むわけにも

いかないので、削ぎ落す作業も進めた。知恵を振り絞り、意見を言い合う、その繰り返し。綱領が完成した時には、朝になっていた。その時、アドルフは立ち上がり、テーブルに拳を叩きつけて叫んだ。

「我々のこの綱領は、マルティン・ルター（十六世紀のドイツの宗教改革者）が教会の扉に掲げた九十五ヶ条にも匹敵する日がくるだろう。次の大集会で、この綱領を皆に示すのだ」

数人の委員は、大宴会場で集会を開くことや、綱領にも難癖をつけてきたが、アドルフはそれを押し切って、大集会の開催にこぎつけた。一九二〇年二月二十四日、ホーフブロイハウスの大広間。

（果たしてどれだけの人が来るのか）

大集会は初めてなだけに、アドルフの自信もさすがに揺らいだ。

「大集会を開くなど、皆の笑いものになるだけだ。我々は、がらあきの会場に向かって話しかけることになるだろう」

かつて、ハラーが皮肉を込めて述べた言葉が、アドルフの胸に突き刺さる。アドルフは、党の事務所の部屋をせわし気に行ったり来たりした。午後七時三十分の開会直前に、アドルフは会場に入った。どれだけの人が入っているか、心配で仕方なかったが、ふたを開けてみると、二千名に近い大群衆が押し合いへしあいしていた。

（成果が出た）

アドルフは、心の中で大いに喜んだ。集会への参加を呼び掛ける赤いポスターを貼ったり、ビラを配ったり、これまで集会を地道に開いてきた成果が今、実ったのだ。もちろん、なかには、敵対グループの共産党員や独立社会党員のメンバーも多数来ていた。望むところだ。

集会が始まった。最初の弁士は、国家主義者として有名な医師ヨハネス・ディングフェルダー。彼は、シェイクスピアの作品等を引用し、遠回しにユダヤ人を攻撃したので、野次は飛ばなかった。続いて、アドルフが喋る時が来た。擦り切れたブルーの背広を着たアドルフは、演壇に立った。聴衆は皆、自分に注目している。党の集会で、今やアドルフの演説はなくてはならないものになっていた。アドルフの話を聞きたいがために、会場に駆け付けた者も大勢いた。アドルフは口を開いた。

「全ドイツがユダヤ人に支配されている。見渡す限りユダヤ人ばかりだ。ドイツの労働者が、知識労働者も肉体労働者も、ユダヤ人に煽動されている。なぜか。それはユダヤ人が金を持っているからである。ドイツ人がユダヤ人に煽動されている、これは恥辱だ。政府にもユダヤ人が入り込み、不法な商取引をしている。金でポケットがいっぱいになると、労働者をけしかけ混乱させ、ユダヤ人に都合が良いように、物事を動かす。我々ドイツ人は、哀れにもこれをなすがままに任せている。一九一七年、ロシアに革命が起きた。あれは、誰がやったのだ。ユダヤ人だ。だから、ドイツ人よ、団結してユダヤ人と戦え！　さもないと、奴らは最後のパンのひとかけらまで奪ってしまうだろう」

アドルフの輝く目は、群衆を見据えた。アドルフは左手を振り上げて、話を続けた。

「ドイツは、先の戦争に敗れた。誰に責任があるのか。それは、ユダヤ人や社会民主党、革命を扇動していた共産主義者だ」

会場から怒号が聞こえてきた。共産党員などの敵対グループが野次を飛ばしたのだろう。

「猿、黙れ」

「引っ込め」

「もう外に出るぞ」

などの罵声があちこちから聞こえてきた。言葉だけならまだしも、ビールのジョッキが宙を舞う。アドルフに向かって飛んできたジョッキもあったが、アドルフは寸前で、身軽にかわした。少年時代、悪童たちと戦争ごっこに明け暮れたアドルフは、これくらいのことでは動じなかった。

アドルフが軽く首を振ると、屈強な男たちが動き出し、赤い腕章をつける共産党員に飛び掛かった。ゴム製の棍棒や、乗馬鞭で殴りかかったのだ。アドルフは、軍隊仲間も党に引き入れていた。そうした男たちは、アドルフの護衛よろしく、敏捷に行動し、演説を妨害した連中を外に引き摺り出した。罵声は依然として続いていたが、少しはましになった。アドルフは声のトーンをあげた。

「ドイツの敗因は、彼ら国内の弱気な人々、敗北主義者にあったのだ。ドイツは、彼らの背後の一突きによって、一九一八年十一月、戦いに敗れた。十一月の犯罪者たちを我々は許すことはできない。そして戦いに敗れたドイツに革命が起こった。至る所でユダヤ人が権力を握った。最初はアイスナー首相であり、最後はレヴィーネのようなロシア出身の共産主義者であった。敗戦により、十一月の犯罪者たちは、イギリスやフランスと屈辱的な条約——ヴェルサイユ条約——を結んだ。一九一九年の六月に締結されたこの条約は、梅毒講和条約だ！　条約の弊害は、最後にはドイツ人の心臓と脳を冒すだろう。ドイツは武装解除され、陸軍兵力は十万人以下と決められた。海軍の兵力も削減された。莫大な賠償金が課され、二百億マルクに相当する物資・金を支払うことになった。ポーランド回廊を始めとする多くの領土も割譲させられた。しかし、我々はこのような屈辱的な条約を断じて受け入れることはできない！」

アドルフの声はよく響き、一番奥のテーブルまで聞こえた。演説を妨害するつもりで来ていた人までもが、今や静かにアドルフの語りに耳を傾けていた。

「我々は屈辱的な状況を打開すべく、綱領二十五ヶ条を作成した。一項目ずつ読み上げるので、賛成か反対か意見を述べてほしい」

「一つ、全てのドイツ人の大ドイツ帝国への統一を要求する」

「賛成だ！」

聴衆の叫び声が上がり、拍手も起きた。

「二つ、我々は、他国に対するドイツ民族の同権、ヴェルサイユ条約の廃止を求める」

賛意を示す拍手が鳴り響いた。

「三つ、我々は、我が民族を扶養し、過剰人口を移住させるための土地を要求する」

「四つ、民族同胞のみが国民である。宗派にかかわらずドイツの血を引く者のみが民族同胞たりうる。ゆえにユダヤ人は民族同胞たりえない」

「五つ、国民でない者は、ドイツにおいて来客としてのみ生活することができ、外国人法の適用を受けねばならない」

「六つ、国家の指導と法律によって定められた権利は、国民のみがこれを有する」

「七つ、我々は、国家がまず第一に国民の生活手段に配慮することを約束することを要求する」

「八つ、非ドイツ人の今以上の移民は阻止される」

「九つ、国民は全て同等の権利と義務を持たねばならない」

「十、全国民の第一の義務は、精神的または肉体的に創造することであらねばならない。各人の活動は公共の利益に反してはならない」

「十一、不労所得を撤廃し、寄生地主を打倒する」

「十二、我々は、全ての戦時利得の回収を要求する」

「十三、全ての企業の国有化を要求する」

「十四、我々は、大企業の利益の分配を要求する」

「十五、我々は、老齢保障制度の大幅な強化を要求する」

「十六、我々は、健全な中産階級の育成とその維持、大規模小売店の即時公有化を要求する」

「十七、我々は、我が国民の要求に適した土地改革を要求する」

「十八、我々は、公共の利益を害する活動に対する容赦ない闘争を要求する。高利貸し、闇商人等の民族に対する犯罪者は、宗派や人種にかかわらず容赦なく処罰される」

「十九、我々は、唯物主義的な世界秩序に奉仕するローマ法に代わるドイツ一般法を要求する」

「二十、有能で勤勉なドイツ人については、国家が我が民族の教育制度全般を賄うよう徹底的に拡充する」

「二十一、国家は民族の健康を向上させるために、母子の保護、少年労働の禁止、体操とスポーツを義務として法的に定めることによる肉体鍛錬をもたらすことを行わねばならない」

「二十二、我々は、傭兵部隊の廃止と国民軍の形成を要求する」

「二十三、我々は、故意の政治的虚言およびその報道による流布に対する法的な闘争を要求する」

「二十四、我々は、国家の存続を危うくせず、またはドイツ民族の公序良俗および道徳に反しない限りにおいて、国家における全ての宗教的信条の自由を要求する」

「二十五、我々の要求をすべて実行するために、国家の強力な中央権力の確立が必要である。党の指導者は、上記の条項が各人の生活に必要であるならこれを実行することを約束する」

アドルフは、一項目を読み上げるごとに、聴衆に対して、

「その項目を理解し、承認するか？」

と問いかけた。多くの者は、

「承認する！」

との言葉を投げかけたが、一部の反対者は椅子やテーブルに飛び乗って、

「反対だ！」

「断固、抗議する」

と不賛成の意を示した。すると再び棍棒や鞭を持った男らが彼らのもとに走り、攻撃を加えた。アドルフが力強く最後の項目を読み終えると、会場は拍手に包まれた。ビアホールに集

まった聴衆は、アドルフの政治論に心を打たれたのだ。

（ドイツの運命を支配する人間がいるとすれば、それはヒトラーである）

との確信を持った者もいた。後にナチスの副総統となるルドルフ・ヘスも、この時、初めてアドルフの演説を聞き、

「誰かが僕らをヴェルサイユ条約から解放してくれるとしたら、それはあの男だ。誰か知らないあの男が、僕らの名誉を再生するだろう」

帰宅して、興奮気味に恋人イルゼに語り掛けた。アドルフも、満足して会場から出ていく群衆を見ながら、

（完全な勝利だ。未来への扉は開かれた）

党の明るい未来を確信した。集会後、百名が新党員となった。党員名簿が作成され、党員証も発行された。名簿の最初の番号は五〇一番であった。党員数を実際よりも多く見せるためだ。アドルフは、五五五番目の党員となった。

*

ホーフブロイハウスでの大集会から一週間後、ドイツ労働者党は、アドルフの「党の名称を

変えるべきだ。国民社会主義ドイツ労働者党という名はどうだろう。これは、オーストリアのドイツ国家社会主義労働者党に倣ったものだ」との一声によって、名称変更した。その名は、国民社会主義ドイツ労働者党（ＮＳＤＡＰ）。対立する者からは、「ナチス」と呼ばれ、ある時は蔑視され、ある時は恐怖された政党の誕生である。

国民社会主義――国家が政治・経済のあらゆることを管理・統制し、国益は私益よりも絶対に優先される。ナチスは、社会主義を称しているが、それは労働者の支持を得んがためであり、実際は反個人主義、反自由主義、反民主主義、反議会主義、反社会主義、反共産主義の政党である。

「党旗も作ろう。共産主義者の赤旗を凌ぐような党旗を作るのだ。我々が一方的にデザインを決めたのでは面白くない。公募しよう」

アドルフは、憑かれたように、ドレクスラーにまくしたてた。多数の応募があったが、フリードリヒ・クローンという医師がデザインしたものが、アドルフらの気を引いた。

「これだ！」

アドルフは叫んだ。中央には、ハーケンクロイツ＝鉤十字（卐）が黒で描かれ、その周りは白で丸く囲われている。そして残りの部分は赤色で染め上げられていた。鉤十字は、古代より洋の東西を問わず、豊饒、破壊と創造、復活と救済、統合などのシンボルとして、使われてきた印である。第一次大戦後は、ドイツの民族主義運動のシンボルとして、反革命を掲げるエアハルト海兵旅団が、このマークを使用していた。アーリア人（インド・ヨーロッパ語系諸族）の宗教的シンボルでもあった。

「赤は熱狂的な社会的理念を、白は国家主義的理念を、そしてハーケンクロイツはアーリア人種の勝利のために戦う使命を表しているのだ。かつて、アーリア人は、古代社会の偉大な文明文化を作り上げた。エジプトはアーリア人の移動により、高度な文化レベルがもたらされたことを知っている。ペルシャ文化やギリシャ文化も同様だ。十字架の印が信仰のシンボルとなったように、この旗を、国民と祖国の希望と勝利のシンボルとなるようにしなければならない」

鉤十字が、アーリア人優越の象徴とされ、党旗に描かれることになった。

鉤十字の旗のもとに、様々な人々が集まってきた。例えば、エルンスト・レーム。一九二〇年一月にナチスに入党した彼もまたアドルフと同じく第一次世界大戦に従軍し、一級鉄十字章を授与されている。レームの顔には、戦争の傷跡が生々しく残っていた。鼻の上半分を銃弾でえぐられ、片頰にも弾傷が残っていたからだ。一八八七年生まれのレームの家はバイエルンの名門であり、王立鉄道管理官の子として生まれた。

軍人の道に進んだレームは、第一次世界大戦後は、革命の嵐に反発し、「鉄拳団」という国家主義的グループの創設に携わった。反革命の義勇軍にも参加していた。復員後のアドルフの上司カール・マイヤーも、鉄拳団の一員であり、その仲介で、アドルフとレームは出会った。

前線で戦い、負傷したという共通体験は、二人の仲を急速に縮める。レームは、アドルフの弁舌にほれ込み、

「君こそドイツ労働者党を率いる男だ」

と絶賛。アドルフも、レームの人懐っこい笑顔の裏で見せる直情的な性格を好ましく思っていた。レームはアドルフより二歳年上で、軍隊内での立場もレームの方が格上であったが、

「私のことを君やお前と呼んでもらって構わん」

とアドルフに言い、小太りの体を揺らして、肩を叩いた。レームは兵士仲間を次々と入党させたので、ナチスは軍隊色に染まっていくことになる。ちなみにアドルフは、一九二〇年三月に除隊、兵舎を引き払い、日の当たらない部屋で下宿生活に戻った。

この頃のアドルフに大きな影響を与え、かつ親しくしていた人物には、ディートリヒ・エッカートがいる。彼は、ジャーナリストであり、詩人であり劇作家であり、そして政治活動家でもあった。一八六八年、バイエルンの君主の法律顧問の家に生まれたエッカートは、ミュンヘン大学に学ぶも、中退。中退後は演劇の脚本を書いたり、新聞を刊行したり、トゥーレ協会の会員となったりして、多彩な活動をしていた。前述したように、ドレクスラーやハラーと共に、ドイツ労働者党の創設者であった。

エッカートも、アドルフに負けず劣らずの反ユダヤ主義者で、

「ドイツ夫人と結婚したユダヤ人は、三年間、投獄せよ。そして再びこの犯罪を繰り返したならば、処刑すれば良い」

と公言するほどだった。名家の出であり教養人でもあったエッカートをアドルフは敬い、

「父親のような友人だ。私はエッカート氏の弟子である」

と他人にも語った。そんなアドルフをエッカートは可愛がり、

「この本を読んでみたまえ」

と書物を貸し与えたり、

「擦り切れたコートばかり着ていてはいかん」

とトレンチコートを与えた。

「この男はやがてドイツを解放する人物です」

有力者や資産家にアドルフを紹介する時、エッカートはいつもそう言った。上流階級の人々に、アドルフをお披露目したのは、エッカートである。

第一次世界大戦のタンネンベルクの戦いにおいて、ドイツ軍を勝利に導いた陸軍の英雄エーリヒ・ルーデンドルフ将軍と面識を得たのもこの頃だ。上流階級の人と接することに慣れていないアドルフは、ルーデンドルフとの会話においても恐縮しきりで、

「はっ、閣下の仰る通りです」

ルーデンドルフの言葉が終わる度に、腰をあげてお辞儀をしたのだった。アドルフは、ルーデンドルフと共に、仲間の獲得に動くこともあった。シュトラッサー兄弟の訪問もその一つである。兄のグレゴール・シュトラッサーは、一八九二年生まれ。バイエルンに生まれ、ミュンヘン大学で薬学を学んでいたが、第一次世界大戦勃発後は入隊し活躍、一級鉄十字章を与えられた。戦後は、義勇軍に参加しつつも、薬剤師として生計を立てていた。

弟は、一八九七年生まれのオットー・シュトラッサー。オットーも、第一次大戦に従軍し、一級鉄十字章を受章。戦後、反革命の立場から、兄と共に義勇軍に参加する。

アドルフとルーデンドルフは、兄グレゴールが勤務する薬局の前で車を停めた。ルーデンドルフが車から先に降りると、その後に数歩さがって、アドルフが続いた。ルーデンドルフは、薬局の一部屋の席につくと、シュトラッサー兄弟を、髭を生やした厳つい顔で見まわしこう言った。

「我々は、全ての国家主義的グループを統一しなければいけないと思っている。私は、組織の軍事上の指揮をとり、政治的役割は、このヒトラー君が果たす。グレゴール・シュトラッサー君、君の義勇軍を私の指揮下に従属させ、ヒトラー君がいる党に入党しないかね」

グレゴールが頷きながら、黙って聞いていると、すかさずアドルフが口を挟んだ。

「あなたを最初の党の大管区の指導者にしても良い。下バイエルン管区をあなたに与えても良い」

それでも、兄グレゴールが沈黙していると、横に座る弟のオットーがアドルフに向かって尋ねた。

「国民社会主義ドイツ労働者党はどのような計画を持っているのですか」

アドルフは一呼吸置いてから、

「計画は問題じゃない。問題は力だけだ」

と答えた。

「いや、力は計画を実現するための手段だ」

オットーが目を見開いて言うと、

「それはインテリの意見だ。我々に必要なのは力である」

アドルフは小賢しいと言わんばかりに、オットーに反論した。続けて、

「あなたは、共産主義者に味方して、カップと戦ったようだが、けしからんことだ」

オットーを批判し始めた。一九二〇年三月、ベルリンで旧軍の将兵の一部が、ワイマール共和国政府を倒すため、政治家ヴォルフガング・カップを擁して挙兵したが、労働者のストライキによって、失敗していた（いわゆるカップ一揆）。オットーは軍部独裁を目指すカップ一揆には

ついてゆかず、反カップ派の義勇軍にこの時は属していた。アドルフはそのことを指摘したのだ。

「国民社会主義者を名乗る人間が、カップごとき反動を支持するとは、何事だ」

オットーも負けずに言い返した。ルーデンドルフがにらみ合う二人を宥めるように言った。

「国家主義勢力の政治は、もちろん共産主義的であってはいけない。しかし、資本主義的であってもいかん」

この発言に兄グレゴールが笑みをこぼしたことで、場の空気は温かくなった。しかし、グレゴールは最後まで入党するとは言わず、

「入党は慎重に検討させてください」

と頭を下げただけであった。アドルフらが室内を去ってから、シュトラッサー兄弟は、よく似た顔を寄せ合わせた。

「私はナチ党に入ることにしたよ」

グレゴールは弟オットーに真剣な顔つきで言った。

「あの男、ヒトラーを信じるのか」

オットーは怪訝な顔で、兄の眼を見つめた。

「いや、あの男はなかなかの策士だ。お前が、党の計画を聞いた時も、腹を割って話さなかっ

た。計画があるにもかかわらずだ。俺たちを信用していないからだ。ヒトラーは信用ならんが、ルーデンドルフ将軍があの男をうまく使いこなすだろう。その点に関しては将軍を信頼しているよ」

グレゴールは、禿げ上がった額を天井に向けて、

「お前はどうする？」

弟に聞いた。

「僕は入党しない。あの男が嫌いだからね」

オットーも兄と同じく天井を見上げた。一九二〇年、グレゴール・シュトラッサーのみがナチスに入党した。

＊

アドルフは相変わらず、度重なる演説会をこなしていたが、どれだけ演説を行っても、自分の話に満足することを知らなかった。

（もっと上手く話したい）

との想いから、部屋で独り、身振り手振りを交えて、演説の特訓をすることがあった。時に

手を振り上げ、時に両手を差し出し、涼しい日であっても汗を飛ばしながら、練習を続けた。後には、ハインリヒ・ホフマンという専属の写真家に演説のリハーサル写真を撮らせて、演説のリアクションを研究するまでになる。

（聴衆は何を聞きたがっているのか、何を望んでいるのか）

その事を意識して、アドルフは演説の内容を組み立てていた。

（敗戦後のドイツ人は、恐怖・困難・絶望に見舞われている。そのような時には、勇気と信念の力強い言葉こそがふさわしい）

多くの弁士が、新聞記事や学術論文を読み上げるような口調で、当たり障りのないことを演説しているなか、青い目を輝かせながら「行動する覚悟」や「献身」を力強く説き「全能の神の庇護の下に、ドイツの兵士と労働者の名誉の救済に自らの一生を捧げる」と宣言するアドルフの演説は、脚光を浴びた。演説が終わると、拍手は止むことがなかった。

（ドイツの運命を手中に収める者がいるとすれば、それはヒトラーをおいて他にはいない）

アドルフの演説を一度聞いただけで、そのような想いにとらわれる者も多くいた。演説中、アドルフのネクタイは緩み、服装もみすぼらしい青のスーツであったが、活気に富んだ演説が人々の心を掴んだのだ。

アドルフは、演説の効能だけでなく、マスメディアを手中に収めることの重要性を知っていた。トゥーレ協会の機関紙『フェルキッシャー・ベオバハター』は、相次ぐ名誉棄損の訴訟のために、破産の危機に瀕していた。アドルフや党の指導部は、「ベオバハター」の買収を前々から考えていたが、今がその好機だとして、敏速に動いた。一九二〇年十二月十七日、アドルフは深夜二時にもかかわらず、エッカートのアパートに駆け込み、早口でまくし立てた。

「ベオバハターは借金のために、不適当な人間の手に落ちる可能性がでてきました。それは、マルクス主義者の政治団体かもしれませんし、バイエルン分離主義の指導者の手中かもしれません。それらに代わり、党がベオバハターを買収しなければいけません。十八万マルクあれば、わずか十八万マルクで、それが達成できるのです。資金援助について、財力のあるお知り合いを説得して頂きたい」

エッカートは夜型の人間であったので、アドルフの深夜の訪問も快く迎えた。アドルフは、ベオバハター買収のための金は、資産家や有力者に顔が利く、エッカートしかいないと睨んでいた。エッカートは、

「良かろう」

と快諾、アドルフを安堵させた。翌朝八時、今度はドレクスラーがエッカートのアパートを訪問。熟睡していたエッカートは何しにきたと言わんばかりの顔でドレクスラーを迎えたが、ドレクスラーの、

「ベオバハターを買収するのは今が好機。しかしそのためには資金が必要です。資金提供が可能なお知合いを今すぐ紹介してください」

との言葉を受けて、

「よし、フォン・エップ将軍に会いに行こう」

眠い目を覚まし、共に外出した。フォン・エップは、バイエルン出身の軍人であり、戦後は義勇軍を率いて、レーテ共和国打倒に尽力、カップ一揆に触発され、クーデターを計画、左派のヨハネス・ホフマンバイエルン州首相を退陣に追い込んでいた。

エッカートはエップ将軍のもとを訪れ、資金提供を依頼。将軍は軍から資金を調達すると約束し、結局、六万マルクを用意してくれた。その他にも、反ユダヤ主義者の医者など党の支持者から三万マルクの献金が集まった。ドレクスラーは身を削り、「ベオバハター」の負債十万マルクを肩代わりした。こうして、十二月十八日、「ベオバハター」はＮＳＤＡＰ——ナチスの機関紙となった。

「先生、ありがとうございます」

アドルフは、エッカートの尽力に感激し、何度も何度も礼を言い続けた。

ドイツは寒い冬を迎えていた。千三百四十億マルクという巨額の賠償金によって、ワイマール政府は破産に瀕し、多くの国民は生活苦に陥り、暖房費にも事欠く有様であった。国民の怒りは、ワイマール政府に向けられた。その怒りを更に煽ったのが、ナチスであり、アドルフであった。バイエルンにおいて、ナチスと言えば、アドルフのことを思い浮かべる人が増えてきた。ナチスの党首となっていたドレクスラーは、アドルフに、

「あなたが党首にならないか？」

と何度も勧めたが、その都度、アドルフは、

「私のやりたい事は、演説であり、プロパガンダ（政治的宣伝）だ。プロパガンダなくして国民の救済はありえない。党首職に興味はない」

と言い、断り続けた。それでも、ドレクスラーは、

「革命運動には独裁的指導者が必要だ。我々の運動の頂点には、君が適任だ」

と口説くも、アドルフは納得しなかった。独善的なアドルフには組織運営は苦手であった。党首となれば、そこから逃れるわけにはいかない。自由の身で、人々を鼓舞する「太鼓たたき」でいることが、今のアドルフには心地よかった。それに、アドルフのことを良く思わない党の委員会メンバーもいた。そうしたなか、党首となっても、何もできないまま終わるだろう。「ベオバハター」を買収したこともあり、党は資金不足に悩まされていたので、アドルフは資金調達のために走り回っていた。一九二一年六月には、ベルリンに向かった。その途上、アドルフの頭は、不愉快な想いに占拠されていた。

（ドイツ社会主義党と我が党が合同するなど、あってはならんことだ）

列車内、瞬き一つせずに、アドルフは、想いをめぐらせた。この頃、活動内容の共通点から、両党の合同話が持ち上がっていたのだ。

（確かに、ドイツ社会主義党は、北ドイツに支持者を増やし、勢力を伸ばしている。我々は、まだまだ地方の弱小政党に過ぎない。それに付け込んで、奴らは、合同するに際しては、党本部をベルリンに移せと言ってきた。奴らは、我が党を乗っ取ろうとしているのだ。ベルリンに党本部を移せという奴らの仮提案に、同意した我が党のメンバーもメンバーだ）

アドルフは怒りにまかせて、拳を握り、フェーダーを始めとするアドルフの意向に反対する者の顔を思い浮かべた。フェーダーは、アドルフが自分の気に入らないことに関しては拒否権を発動し、我がままに振舞っていることに我慢がならず、ドレクスラーに苦情を申し入れていた。しかし、ドレクスラーは、党にアドルフは必要な人材だと考えて、フェーダーなど反ヒトラー派を何とか宥めていた。

（ドイツ社会主義党など、勢いにまかせて、急ごしらえの支部を各地に乱立しているだけだ。まがい物の支部だ。どこにでも存在するようで、どこにも存在しない、そんな党と一緒になってどうする。しかも、奴らは、議会への参加に前向きだ。それも気に入らない）

両党の合同は、アドルフのナチスにおける立場を揺るがす可能性もあった。アドルフの考えに反対する者ばかりが増え、自分のしたいことが、思うようにできなくなる。それがアドルフにはたまらなく嫌であった。

（それでも、両党が合同するなら、私は党を離れる。新党をつくっても良い）

合同話が持ち上がって以来、幾度も頭をよぎった言葉がまた吹き出てきた。アドルフはミュンヘンに戻ると、七月十一日に脱党を宣言、党の委員会にあわせて書簡を送付した。

「ドイツ社会主義党と合同しようとする者は、我が党の理念とは相反する思想を持つ人間に運動を引き渡すという点で党員の願いに反する行動をとった。もはや私は、そのような運動に参加することはできない。そのつもりもない。しかし、私を党の第一委員長にして独裁的権力を与えてくれるのであれば復党を考えよう。これは権力欲から言っているのではない。最近の情勢を見て、鉄の指導がなければ、党はあるべき姿を見失ってしまうと考えたからだ。我々は、あくまで国民社会主義ドイツ労働者党であり、西欧風の団体では決してない」

アドルフは他にも、党本部はミュンヘンに置くこと、党綱領の不可侵、他党との合同の放棄を要求した。さすがのドレクスラーも、アドルフの態度に怒りを感じたが、心のどこかには、まだアドルフというスター弁士を失えば、党はもたなくなるという恐れを抱いていた。アドルフは党に八日間の熟考期間を与えたが、その間にも、反ヒトラー派の面々は、アドルフを貶める根拠不明の怪文書を党員にばらまいた。

「ヒトラーはミュンヘン王を自称している」

「ヒトラーは女に大金を費やしている」

「ヒトラーはユダヤ人から金を貰っている」

アドルフとナチスは決裂するかに見えたが、直前になって、エッカートが動いた。

「ヒトラーが離党すれば、党は割れる。党は極めて深刻な打撃を受けるだろう」

そう言って、ドレクスラーを説得し、アドルフの要求を受け入れるように迫ったのだ。ドレクスラーも、心の片隅には、エッカートと類似の気持ちは残っていたので、エッカートの言葉の前に、いやアドルフの脅迫の前に屈した。ドレクスラーは、他の委員を「ヒトラーがいなければ、我が党は依然として弱小の少数グループに過ぎなかっただろう」と説き、アドルフを迎え入れる準備をした。党指導部の全面敗北であった。

「貴下のまれにみる博識と、党発展のための並々ならぬ犠牲と輝かしい業績と、衆に抜きんでた弁舌の才を認めて、委員長の地位を提供する」

党からの公式通告を受け取ったアドルフは、通告を受け入れ、党に戻ることにした。七月二十九日、ホーフブロイハウスでの臨時党大会において、アドルフは五百名を超す党員から、嵐のような拍手を受け、登場した。そして次のように語った。

「私は我が党が、お茶の会になってしまうのを防ぐために不断の努力をしてきた。我々は、他の党と手を組むことを望まない。逆に彼らが、我が党と合流し、我々に指導権を委ねることを要求する。これを受け入れられない者に用はない。我々の運動は、ミュンヘンに生まれてミュンヘンにとどまるのだ。この度、党の委員会から、委員長の地位を私に提供するとの通告を受け取った。私は委員会の地位を引き受ける用意がある」

投票が行われた。アドルフに独裁的権力を与えることに反対した者は、一人だけであった。アドルフの党首就任は、全会一致で決まった。ナチスは指導者（フューラー）政党へと生まれ変わろうとしていた。アドルフ・ヒトラーは、独裁者への小さな小さな第一歩を踏み出したのだ。

第6章

ミュンヘン一揆――クーデター

ヒトラーは、ナチスを掌握すると同時に他党に対して挑発を繰り返した。その象徴となったのが、一九二一年九月十四日夜のレーヴェンブロイケラー（ミュンヘンのビアホール）での乱闘であった。同夜、ビアホールでは、バイエルン同盟の指導者オットー・バラーシュテットの演説が行われるはずだった。シャンデリアが輝き、落ち着いた雰囲気のビアホールには、多くの人がつめかけていた。満員の会場に突如、現れたのが、トレンチコートを羽織り、犬用の鞭を手にしたヒトラーであった。すると、会場からは、

「ヒトラー！」

「ヒトラー！」

「ハイル（万歳）！」

との、けたたましい、歓迎の叫び声があがった。突撃隊員（体育およびスポーツ部から改組）が数十人、私服で会場に紛れ込んでいたのだ。

「ヒトラーに演壇を譲れ」

という声も、あちこちから聞かれるようになった。バラーシュテットは、騒然とした雰囲気のなか、演説を始めることができなかった。バイエルン同盟の支持者とナチスとの紛争を避けるために、誰かが会場の照明を消した。何者かが壇上に駆けあがる音が響いた。叫び声がして、再び明かりが点いた時には、バラーシュテットやその仲間たちは、殴打され痛々しい姿になっ

ていた。

「ハイル！」

「ヒトラー！」

「バラーシュテットは去れ！」

ナチス支持者の声は、まだ鳴りやまない。警察が駆け付けた時も支持者は叫んだり、暴れたりしており、警察の方がヒトラーに、

「彼らを大人しくさせてくれ」

と頼み込む有様であった。ヒトラーは、頃よしと見て、支持者に静まるように命じた。

（これで、今日は、バラーシュテットは話をするまい）

ヒトラーは、厳しい顔つきをしていたが、心中は喜びに浸っていた。警察で取り調べを受けたヒトラーだが、反省の色などなく、

「これで良いのだ」

と満足気に何度も言うだけだった。だが、暴行を受けたバラーシュテットは当然ながら我慢ならず、ヒトラーを告発。治安紊乱罪により、約一ケ月間、ミュンヘンのシュターデルハイム監獄にヒトラーは入ることになる。一九二二年六月のことである（出獄は七月二十七日）。時代は動いていた。同年十月には、イタリアにおいて、ムッソリーニの黒シャツ隊がローマに進軍し、

権力を獲得した。ヒトラーは、ムッソーリーニが暴力でもって権力を得たことに強い関心を示し、

（権力を手中にするには、やはり力の行使しかない）

と、日頃の構想に自信を深めた。一九二三年に入ると、フランスとベルギーが、ドイツの工業地帯ルールを占領した（一月十一日）。ドイツが第一次大戦の賠償支払い要求に応じないための実力行使であった。ヴィルヘルム・クーノ首相は、占領軍への協力を拒否するよう「受動的抵抗」「消極的抵抗」を国民に呼びかけたが、「侵略」に対するワイマール政府の弱腰姿勢に非難が高まった。税収の減少等でドイツ経済は麻痺、政府は紙幣の増刷で危機に対処したので、凄まじいインフレが起き、企業や商店の倒産が続出した。国民の怨嗟の声は、ワイマール政府に向けられた。

フランスがルールに侵攻した日も、ヒトラーは聴衆を前にして、雄叫びをあげていた。

「ドイツはフランスから植民地であるかのような扱いを受けている。そして、フランスはルールに侵攻した。しかし、真の敵は、内にいる。マルクス主義者、議会主義者、それら全ての背後にはユダヤ人がいるのだ。十一月の犯罪者どもを打倒せよ。犯罪者どもが責任をとらされ、報いを受けてこそ、ドイツは甦るのである。ドイツを甦らせるには、諸君一人一人の行動しかないのだ」

ワイマール政府への不満が高まるなか、それを煽るヒトラーの演説は、党員の喝采を浴びた。演説のテクニックは、場数を踏むごとに上達し、ジェスチャーも多彩になった。まるで、オーケストラ指揮者のような動作は、人々に強い印象を与えた。演説の始めは、ゆっくりと話し出すが、次第にテンポは上がっていき、聴衆の誰もが持つ感情――怒り・不安・憎悪・祖国愛――と、ヒトラーの吐き出す言葉が呼応し、会場は興奮に包まれる。

ヒトラーは、聴衆に何をどのように話すか、緻密に計算していた。

（党員でない連中に話すときは、特に、国家の運命が彼らの決断と不可分に結びついているかのように話しを持っていく必要がある。彼らの虚栄心や野心に訴え、引き付けてしまえば、あとは易しい。彼らが取るに足らぬ人間であればあるだけ、偉大な運動に参加したいという熱意は強くなる。ドイツ国家の運命は、危機に瀕していると、彼らに信じこませることができたら、彼らは強固な運動の一部となろう）

演説会場には、鉤十字の旗が翻り、勇壮な音楽が奏でられた。ヒトラーは、彼への忠誠を意味するドイツ式敬礼――右手を張り、胸の位置で水平に構えてから、掌を下に向けた状態で腕を斜め上に突き出す――で支持者に迎えられた。ヒトラーはそれに対し、挙手で応えた。

「ハイル！（万歳）」

「ヒトラー！」

の声は響き渡り、聴衆は一体感に包まれる。バイエルンでは、ナチスの党員が毎週数千人規模で増えていた。一九二三年二月から十一月の間に、約三万人が入党し、党員は五万五千人にのぼった。党員はあらゆる社会層から集まったが、労働者・職人・商人・農民などの下層中流階級の者が大半であった。

ミュンヘンの秘密警察の中にも支持者がいたが、その一方で、バイエルン州内務省のある警察官僚などは「彼らがユダヤ人、社会民主主義者などにその危険な思想を実行するようになれば、多くの流血や混乱が持ち上がるだろう。政府のみならず、いかなる政治形態にとっても危険な存在である」と、ナチスの狂暴性、危険性を指摘している。

バイエルンでは、フォン・カール首相以降も、保守的な政権が誕生していたが、何れもワイマール共和国政府(ベルリン)に対しては弱腰で、ヒトラーは、歯ぎしりする想いで聴衆に叫んだ。

「ドイツのために、ベルリンに抵抗せよ。ミュンヘンからドイツ国民の解放闘争を指揮する英雄が必要なのだ。自由の闘士は正しい直感と意志を持たねばならない。意志に勝るものはない」

ヒトラーが、バイエルン州政府に対し、一揆を起こし、政府を掌握、ベルリンに進軍し、ワイマール共和国政府を打倒する——ヒトラー一揆の噂は、一九二二年十一月にはミュンヘンで囁かれていた。

バイエルン政府は、一揆を恐れ、一九二三年一月二十六日に戒厳令を出し、不穏分子の集会を禁止しようとした。ナチス初の全国党大会開催の直前であった。これを聞いたヒトラーは、猛り狂った。

「私は、集会を禁じられようが、前進する。政府から銃弾が発射されたときには、隊列の最前線に立つ」

党幹部の前で、興奮して宣言したヒトラーに「待った」をかけたのは、レームであった。

「ヒトラー、お前の想いも分かるが、ここは冷静になるべきだ。もっと建設的に考えたらどうか」

「建設的？　どうしろと言うのだ」

「まずフォン・エップに会う。そしてエップにバイエルン州の軍司令官フォン・ロッソウ将軍を口説いてもらう。ヒトラーを支持してほしいと」

レームは自らの言葉通り動き、最終的にはヒトラーとロッソウ将軍を対面させた。その席上、ヒトラーは、

「名誉にかけてクーデターは起こしません。大会も平穏に進めましょう」

と誓いの言葉を述べた。県知事や警察長官のもとも回り、平穏に物事を進めることを約束し、支持を取り付けた。レームを通して、陸軍最高司令官フォン・ゼークト将軍にもヒトラーは面会した。

ヒトラーがレームの提案を聞かずに邁進していたら、州政府との全面対決となり、ヒトラーが敗北、威信は大きく揺らいだに違いない。一見、冷静に見えるレームであるが、目指すところは武装蜂起であり、着地点はヒトラーと違いなかった。レームは、突撃隊、帝国旗団、ニーダーバイエルン闘争同盟などの準軍事組織をまとめ「祖国戦闘団協会」を創設した。同協会は、バイエルン軍から訓練を受けていた。来るべきベルリンとの戦いに備えて。レームはバイエルンの右翼組織を軍事化して、国軍に組み込み、ベルリンに攻め込むことを企図していた。

ナチスの突撃隊の同協会への組み込みは、ヒトラーにとっては賛同できないものだった。突撃隊をヒトラーの判断で動かすことが容易でなくなることを恐れたのだ。軍事面で力を蓄えるレームに、内心では脅威さえ抱いていた。

軍事訓練を受ける突撃隊にも、欲求不満が高まってきた。

「早くフランスの侵略軍を追い出したい」

「弱腰のベルリン政府に目にもの見せてくれる」

「いつ行動を起こすのか」

「いつやるんだ」

多くの隊員は、今すぐにでも行動に移りたいと念願していた。戦争のことばかり考えて生活している血気にはやる若者をいつまでも抑えつけておくのは難しい。ヴィルヘルム・ブリュッ

クナー突撃隊連隊長も、ヒトラーに対し、

「隊員たちを抑えきれなくなる時が、そう遠くない日に来ます。その時になっても、何も起こらなければ、隊員は去っていくでしょう。皆をまとめるためには、何かをしなければなりません」

行動――つまりクーデターを早期に起こすことを促した。突撃隊や祖国戦闘団協会の内情を聞かされたヒトラーも、心のうちで、

（連中は長期間、行動するためだと聞かされてきて訓練されてきたのだ。何か具体的なものが見たくなったとしても不思議ではない。このまま放っておけば、不満が爆発し、突撃隊は解体。いや、それ以前に私の求心力も低下しよう）

想いをめぐらせた。

一九二三年九月、バイエルンでは、元首相のフォン・カールが州総督に任命され、独裁的な権限をもった。時のバイエルン州首相フォン・クニリングが、カールに権限を与えることで、ヒトラーの勢いを削ごうとしたのだ。

カールは第七軍司令官オットー・フォン・ロッソウ少将、州警察長官のハンス・フォン・ザイサー大佐とともに三頭政治を行い、ナチスの集会を禁じたりもした。とは言え、カールらもまたワイマール政府打倒を目指していた。だが、下手にクーデターを起こし自滅するのは避け

たいと思っていた。しかしヒトラーには、

（カールにクーデターの先を越されるのではないか）

との焦りもあった。ヒトラーは、三頭政治を分裂させ、一人でも仲間を増やすため、ザイサー大佐と会談した。

「カールは無能だ。彼はバイエルン政府の手先だ。そんなカールにつくよりも、私やルーデンドルフ将軍と手を握りませんか」

ヒトラーは、提携を持ちかけたが、ザイサーは、

「世界大戦の英雄と手を結ぶつもりはない。軍首脳部も同じ考えのはずだ」

とにべもない。それでも諦めずにヒトラーは、

「軍首脳はルーデンドルフ将軍に反対かもしれないが、下級将校は彼を支持するはずです。それに、今こそ行動の時です。国民は経済的重圧に苦しんでいます。我々が立ち上がらねば、国民は共産主義者となってしまうでしょう」

決起を説いたが、時期尚早と、のらりくらりと逃げられてしまった。十一月六日、ミュンヘンで、カールは準軍事組織の指導者らと対話をしたが、その時も、

「単独行動は慎むように。ベルリンの共和国政府に仕掛ける時は、団結し、周到な計画で行う必要がある」

と述べ、軽挙妄動を戒めた。ロッソウ少将も席上、

「一揆と名の付くものは、何であれ武力によって粉砕する」

準軍事組織の指導者を見回し、睨みをきかせた。ロッソウは別の日に、ヒトラーに対し、

「あと二・三週間、待つように」

と忠告したが、ヒトラーとしては、

（これ以上、待てるか）

との心境に達していた。同夜、ヒトラーは、ナチスの外交政策の顧問ショイブナー・リヒターのアパートで、幹部会を開き、十一月十一日の日曜に一揆を起こすことを決めた。その日は、ドイツ降伏の五周年であり、日曜ということで、警察や軍にも隙ができることが予想された。翌朝にも会合がもたれた。共産党や社会民主党の指導者は拘束すること、警察署や市役所の占拠が優先されることが確認された。夕方の会議においては、新たな情報が飛び込んできた。八日の晩、ビュルガーブロイケラーというビアホールにおいて、カールが「愛国大集会」を開くというのである。

（これだ）

ヒトラーはまず、心の中で叫んだ。集会にはザイサー、ロッソウ、クニリング州首相など政府の重鎮が来る可能性が高い。

（彼らを拉致し、クーデターに協力するように説得する。もし説得に応じなければ……）

頭を素早く回転させて、ヒトラーは脳裏に浮かんだことを、取り巻きに話した。

「行動の日を八日の晩に変更するべきだ」

幹部たちは、

「少しでも準備の時間があったほうが良い。予定通り十一日に行うべきでしょう」

と口を揃えたが、ヒトラーは自説をまげず、とうとう八日に決行ということになった。

（ついに行動する時が来た）

自らの身を奮い立たせるように、ヒトラーは立ち上がり、両手を握りしめた。十一月八日午前三時のことである。

＊

十一月八日朝、外では風が吹き、震えがくる寒さであった。山々には雪が舞い始めていた。ヒトラーは、日当たりのよくない寒いアパートの自室で、風が舞う外の光景を見ながら、手を頬にやった。昨夜から歯が痛み、苦しんでいたのだが、治る気配はなかった。朝になると、更に頭痛も加わり、ヒトラーは顔をしかめた。

「歯医者に行ってはどうですか？」

両手を組んで、椅子に座っている男が、心配そうに声をかけた。エルンスト・ハンフシュテングルである。アメリカのハーバード大学に留学した経験を持つこの男は、ヒトラーよりも二歳年上であったが、政治集会でヒトラーの演説を聞き、感銘を受けて以来、親密な関係を続けてきた。ハンフシュテングル家は資産家であり、彼自身も美術や音楽に造詣が深く、ヒトラーと気が合った。ヒトラーはハンフシュテングル家に通い、その妻ヘレナや息子のエゴンとも親しくした。ナチスに多額の金を寄附するハンフシュテングルは、ヒトラーにとって有難い男であった。

「歯医者に行くような、そんな暇はない。全てを変える革命が起ころうとしているのだ」

ハンフシュテングルの家で、リラックスしてコーヒーを飲んでいる時とは真逆の厳しい顔つきでヒトラーは言った。ハンフシュテングルはそれでも医者行きを勧めようとしたが、止めた。

これまで何事にしても、ナチスの幹部や支持者たちが、ヒトラーを説得しようと努めても、ヒトラーは無関心な表情を浮かべ、遠くを眺めるような顔をするだけだった。今のヒトラーもそれと同じだ。ハンフシュテングルは、そう感じたのだ。

「もし、あなたが重病で寝込んだりしたら、計画はどうなるのです？」

ハンフシュテングルは、呟くように、ただそれだけを口に出した。自分の考え以外には心を鎖すような冷めた表情をして、ヒトラーは言葉を返した。

「万一そうなったとしたら、そして私が死ぬようなことがあったなら、私の命運が尽きて、私の任務が終わったことを示しているだけだ」

ヒトラーはそう言うと、窓から離れ、椅子に腰をおろした。ハンフシュテングルは、クーデターの決行が十一日から今日に変更されたことを知らなかった。

その日の午前中、突撃隊の各隊長に部下を待機させよとのヒトラーの命令が伝えられたが、そこに具体的な説明はなかった。今夜、事を起こすというのは、一部のナチス要人のみが知る極秘事項であった。

ハンフシュテングルは、ナチスでは海外新聞局局長を務めていたので、その日の昼前には、『フェルキッシャー・ベオバハター』の編集を担当するアルフレート・ローゼンベルクの小さな白塗りのオフィスに向かった。

ローゼンベルクはこの時、三十歳。彼はかつてロシア革命を目撃し、共産主義革命に嫌悪感を抱いて、革命はユダヤ人の陰謀であると信じきっていた。その後、ローゼンベルクは、エッカートと親しくなり、トゥーレ協会にも参加していた。モスクワの学校に通っていたローゼンベルクは、ロシア語に堪能で、外交問題にも強かったので、ヒトラーも彼の意見を重宝する。押し出しの強そうな目をして、いつも自信に溢れているローゼンベルクは、この日は紫のシャツに深紅のネクタイを付けて、オフィスの椅子に深々と腰をおろしていた。ハンフシュテングルとローゼンベルクは、新聞に載せる図版について、しばらく意見を交わしていたが、そこに突然、

「ゲーリング大尉は、どこにいる？」

とのかすれた声が部屋の外から聞こえてきた。ヒトラーの声であった。

「どこにいるのだ？」

部屋のドアが開き、ヒトラーが現れた。トレンチコートを着て、鞭を手にしたヒトラーの顔は、青ざめていた。ハンフシュテングルとローゼンベルクの姿をみとめると、ヒトラーは歩みより、

「この事は絶対に口外しないように。誓ってくれ」

興奮を抑え込むように、小声で語り掛けた。

「我々は今夜、行動を開始する。二人には、私の護衛隊に加わってもらう。今夜七時、ビュルガーブロイケラーで拳銃をもって落ち合おう」

ヒトラーは一方的に用件を告げると、突撃隊の最高指導者ヘルマン・ゲーリングを探すため、その場から去っていった。ハンフシュテングルは、すぐに自宅に戻り、妻子を田舎の別荘に避難させるように手配をした。

慌ただしく、時が過ぎ、陽が沈む頃となった。ビアホール・ビュルガーブロイケラー周辺には、市の警察が百名以上も配置され、厳戒態勢を布いていた。ビュルガーブロイケラーは巨大なビアホールで、三千人を収容することができた。

ヒトラーは、赤のメルセデスベンツで、ビアホールに近付いた。ビアホール前には、人だかりができていた。

後部座席に座っているヒトラーの隣には、ルドルフ・ヘスがいた。一八九四年、貿易商の父のもとに生まれたヘスもまた第一次世界大戦に従軍し、負傷。二級鉄十字章を授与されていた。戦争末期には、空の英雄に憧れ、航空部隊に志願していたが、空中戦を体験せずに終わった。ヘスも敗戦の責任を左翼とユダヤ人のせいにして、反感を募らせていた。反ユダヤ主義団体のトゥーレ協会や、レーテ共和国を打倒する義勇軍にも参加する。ミュンヘン大学では、地政学者カール・ハウスホーファー教授に学び、教授が唱える生存圏の理論（ドイツ民族には生存圏が不足している。ドイツ民族の生存圏は東方に見出すべきだ）に大きな影響を受けた。ヘスが一九二〇年にヒトラーの演説を聞き、大感激したことは既に述べた。ナチスに入党したヘスは、ヒトラーへの憧れを膨らませ、学生リーダーとして、いつしかヒトラーの秘書のような仕事をしていた。

「護民官」

ヘスは、ヒトラーのことをそう呼んだ。護民官とは、古代ローマ時代、平民の生命や財産を護るために生まれた官職である。ヒトラーこそ、現代の護民官たるべきお人だ、ヘスは本心から想っていた。

ベンツがビアホール正面玄関に着くと、ヘスが素早く車を降りて、ドアを開けた。ヒトラーが外に出ると、そこには警官隊の姿が。記者の姿も見える。

「別の車がもうすぐやってくる。そこをどいてくれ」

ヘスが言うと、警官はおとなしく道を開けた。そこに、ハンフシュテングルとローゼンベルクが現れて、ヒトラーの脇を固めた。

その時、黒塗りの車が滑り込むように、ビアホールの玄関に到着した。突撃隊の隊員がきびきびした動作で車から降り、ドアを開けると、そこから現れたのは、堂々たる体躯の男であった。男の光り輝く目と色白の肌は、闇のなかで存在感が増した。突撃隊の司令官ゲーリングである。当時、三十歳。

ドイツの外交官の息子として生まれるも、士官学校に入学。第一次大戦では航空隊の隊員として、敵の戦闘機を多数撃墜。エースパイロットとして名をあげた。戦後は北欧で曲芸飛行士をしていたこともあったが、一九二一年にドイツに帰国し、ミュンヘン大学で経済学や歴史学を学んだ。一九二二年、ヒトラーの演説を聞き「ぞっこんまいってしまった」ゲーリングは、ナチスに入党。ヒトラーは、ゲーリングが入党したことに「すばらしい、勲功章を受章した戦場の英雄。これ以上ないほどの宣伝だ」と感激した。

ヒトラーから突撃隊の司令官に任命された時などは、

「良い時も悪い時も、私はあなたに運命を委ねよう。それがたとえ私の命を賭けることになっても」

と、普段の陽気な顔を消して、厳粛な面持ちで言った。車から降りてきたゲーリングの顔は、その時のものと同じであった。ゲーリングはヒトラーに無言で近付くと、共に歩みを進めた。ヘスが先導し、ビアホールのドアを開けた。

ヒトラーが会場に入った時には、既にカールの講演は始まっていた。会場にはカールの抑揚のない単調な声が響いており、聴衆は退屈を紛らわすように、ビールを呷っている。ビール好きのミュンヘンの人々の心を掴むためには、ビール好きをアピールすることも大切であった。ヒトラーは酒類は好きではなかったが、そうした理由から、講演の最中にビールジョッキに口をつけることもあった。

この時も、ハンフシュテングルが、ヒトラーのためにビールを買ってきた。ヒトラーは、ジョッキのビールを一口ずつ口に含みながら、時が来るのを待った。

午後八時三十分を少し過ぎた頃、鉄兜を被った一団が会場に押し入ってきた。突撃隊特別護衛隊のメンバーであった。その頃、会場の外でも、武装した突撃隊の隊員が、ビアホールを包囲していた。

突撃隊は、会場に重機関銃を置いた。会場は騒然とし始める。その様子を見たヒトラーは、トレンチコートを脱ぎ、黒のモーニングコートに着替える。警官は突然の乱入者をドア付近で阻止しようとしたが、

「お前たち、そこからどくんだ」

との突撃隊員の怒声によって、気圧されてなす術もなかった。ヒトラーは、ビールのジョッキを置き、コートからブローニング・ピストルを取り出した。

「ハイル・ヒトラー！」

突撃隊員が称賛の声をおくるなか、ヘスやハンフシュテングルも、ピストルを手に持った。ヒトラーが、演壇の方向に進むと、彼らもピストルを天井に向けたまま、後に従った。会場はより混沌としてきた。

「何が起こったのだ」

「どうしたんだ」

驚いた顔をして、椅子の上にのぼり、様子を見ようとする人々。殺気を感じ、慌ててドアの方に逃げようとする人達。しかし、ドアは既に突撃隊に押さえられて、出入りすることは叶わなかった。ある者は拳銃で追い立てられ、ある者は強引に外に出ようとして、突撃隊に殴打さ

れた。テーブルの下に隠れて、難を避けようとする政治家もいた。ヒトラーは、演壇側の椅子にのぼると、

「静まれ！」

と絶叫したが、怒号と喧噪にかき消された。ピストルを天井に向けたヒトラーは、引き金をひいた。銃声が会場内に響き渡ると、人々の声は嘘のように引いていった。

「国民革命が始まった。この建物は、六百人の突撃隊に包囲されている。何か問題が起これば、機関銃を会場に撃ち込む」

沈黙が会場を支配するなか、ヒトラーの叫び声が辺りを圧した。カール、ロッソウ、ザイサーの姿を認めたヒトラーは、流れ落ちる汗も拭わずに、彼らに向かい、

「別室に来てもらおう。身の安全は保障する」

と告げた。三人はなかなか腰をあげなかったが、ヒトラーが演壇にのぼり、

「十分間で全ての片はつく」

と迫ると、重い腰をあげた。ザイサーの従者が、ポケットに手を突っ込み、不審な仕草をしたのを見たヒトラーは彼の額をピストルで殴り、

「その手を出せ」

と命令した。従者は大人しく命令に従った。別室に入ったヒトラーは、三人に向かい、ピス

トルを見せつけながら、

「私の許可なく部屋を出ないで頂きたい。先ずは、このような非常手段をとったことをお詫びする」

頭を下げた。

「しかし、他に方法はなかったのです」

ヒトラーは彼らの顔を睨みながら、興奮して言った。

「クーデターは起こさないという約束を破ったな」

ロッソウやザイサーは、ヒトラーを難詰した。

「ドイツのため、良かれと想い、行動したのです」

悪びれることなく、ヒトラーは胸を張った。そして次のように言葉を続ける。

「これより、私を首班とする新帝国政府が発足する。ルーデンドルフ将軍が国民軍を率いて、ベルリンに進撃する。権力を掌握した暁には、あなた達にはより大きな権限が与えられる。カール氏にはバイエルン州摂政を、ロッソウ氏には国防大臣を、ザイサー氏には警察大臣の地位を約束しましょう」

犬に餌を与える主人のような顔をして、ヒトラーは三人を見回した。三人は、互いに顔を見合わせたが、一言も発することはなかった。業を煮やしたヒトラーは、ピストルを握りしめ、嗄れた声を震わせる。

「この中には、四発の弾丸が込められている。そのうちの三発は裏切り者のために、最後の一つは私自身を撃つためのものだ」

「生きるか死ぬかは問題ではない。ところで、このクーデターはルーデンドルフ将軍も承知しているのか？」

カールが落ち着いた口調で、ヒトラーに訊ねた。ヒトラーは急にうろたえた顔付きとなり、

「少し失礼する」

と言うと、部屋からそそくさと飛び出した。今回のクーデターは、ルーデンドルフに無断で行われたものだった。三人を味方に付けるには、ルーデンドルフの説得が必要だと思い知ったヒトラーは、ナチスの外交政策の顧問であるショイブナー・リヒターにルーデンドルフを呼びに行かせることにした。眼鏡をかけ、口髭を生やし、インテリ然としたリヒターも禿げ上がった額に汗を滲ませて、会場から出ていった。別室から会場に戻ったヒトラーが耳にしたのは、

「茶番だ！」

「芝居だ！」

という聴衆の叫び声であった。その直後、一発の銃声が鳴り響く。ゲーリングが一発ぶっ放したのだ。

「今回の行動は、カールや国防軍そして州警察に対してのものではない。ベルリンのユダヤ人政府と十一月の犯罪者どもに向けられたものだ」

ゲーリングが聴衆を宥めようとしたが、それでも怒声は次々に湧き出ていた。

「諸君にはビールがあるではないか。何を気に病むことがあろうか」

ゲーリングは、脅迫が功を奏しないと見ると、急ににこやかな顔をして、ビールジョッキを聴衆の前に掲げた。その様を見たヒトラーは、いらついた顔をして、人混みを掻き分け、演壇に進むと、再びピストルを天井に突き上げた。そして叫んだ。

「カール氏は、私を全面的に信頼し、バイエルン摂政になることを承諾した。ルーデンドルフ将軍が軍の指揮をとり、ロッソウ氏が国防大臣に、ザイサー氏が警察大臣となる。たった今、発足したドイツ臨時国民政府の役割は、ベルリンへの進撃を開始し、ドイツ国民を救うことにある」

嘘偽りで固めた言葉ではあったが、聴衆は瞬く間にヒトラーの言を信じた。盛大な拍手が場内に響くのを耳にしたヒトラーは、声を更に張り上げた。

「隣室には、カール氏、ロッソウ氏、ザイサー氏がいる。彼らは最終的結論を出すために、努力している最中だ。諸君が彼らを支持していると、私から伝えても良いだろうか」

賛成だ、承知したとの声がいっせいに聞こえ、反対を表明する者は誰もいなかった。

「私は諸君にこう断言できる。今夜、ドイツ革命が始まる。さもなければ、我々は死して明日を迎えることになろう」

との声を残して、ヒトラーは隣室に去った。その頃、ヒトラーが所有するメルセデスベンツに乗ったルーデンドルフ将軍の腸《はらわた》は煮えくり返っていた。自分に無断で事を起こしたヒトラーに激怒していたのだ。しかし、その一方で、クーデターが勃発してしまったならば、成功させる必要があると考えていた。車は猛スピードで市内を進み、ビアホールへと滑り込んだ。

「将軍がお見えになりました」

リヒターがヒトラーに声をかけると、ヒトラーは個室から出て、帝国軍の正装をしたルーデンドルフに挨拶をし、

「カール氏、ロッソウ氏、ザイサー氏の三人を我々の味方になるように説得して頂きたい」

と頭を下げた。ルーデンドルフは苦虫を嚙み潰したような顔をしていたが、

「よろしい」

重々しく一言を発した。個室に入った将軍は、三人に向き合い、

「我々に協力してくれ。私と握手しようではないか」

手を差し出した。第一次大戦の英雄も、クーデターを支持しているのか、そう考えた三人は、渋りつつも、次々と片手をルーデンドルフに差し伸べた。

（これで決まりだ）

ヒトラーは三人とルーデンドルフを連れ、会場に戻った。ヒトラーに発言を促されたカールは、直立の姿勢で、

「摂政としてバイエルンに奉仕する」

宣言したが、言葉に熱はこもっていなかった。だが、ヒトラーはその宣言を聞くと、笑みを浮かべ、

「私が新帝国政府の政策を指揮することになろう」

聴衆に告げた。歓喜の声が湧き起こり、国歌「世界に冠たるドイツ」の合唱となった。先ほどまでの怒号と嘲笑が嘘のようであった。

＊

エルンスト・レームが率いる部隊は、

「ヒトラーのクーデターが成功した」

との連絡を午後八時四十分に受けると、ヒトラーらがいるビュルガーブロイケラーに向けて、行進を始めた。その途上、

「レーム直属の部隊は、ロッソウ将軍の司令部を占領せよ。突撃隊の部隊は、ギーシングに向かえ」

とのヒトラー命令がもたらされた。レームは軍司令部をほぼ占拠したが、電話交換台（通信施設）だけはなぜか占拠しないでいた。

その頃、ビュルガーブロイケラーでは、ルドルフ・ヘスが要人の名前を次々と読み上げ、彼らを起立させた。

「クニリング州首相、マンテル警視総監、ルプレヒト皇太子」

要人は最初、二階の部屋に押し込められたが、ミュンヘンの南にある一軒家に移送が決まった。

（クーデターは、成功した）

得意の絶頂にあるヒトラーのもとに、

「工兵隊の兵舎で、突撃隊と工兵隊が衝突した」

との知らせが入った。

「私が彼らを仲裁しようではないか」

自らに不可能はないといった調子でヒトラーは述べると、ルーデンドルフに後事を託して、意気軒昂としてビアホールから姿を消した。ヒトラーが去ってしばらくすると、ロッソウが、

「駐屯軍の司令部に行って、命令を出す必要があります」

ルーデンドルフに訴えた。司令官としてのロッソウの発言をもっともだと感じたルーデンドルフは、ロッソウを司令部に向かわせた。カールやザイサーにも外に出ることが許された。

工兵隊の兵舎に向かったヒトラーは、門前払いされて、三十分経って、ビアホールに戻った。するとカールやロッソウ、ザイサーがいないのである。一瞬、きょとんとした顔をしたヒトラーは、すぐに真顔にかえり、

「三人組はどうした」

と怒鳴った。ルーデンドルフが彼らを解き放ったことを知ったヒトラーは、

「何という馬鹿なことを。奴らが革命を妨害することも考えられるのに」

将軍を罵った。将軍はヒトラーを冷ややかに見つめると、

「ドイツ軍将校は、誓いを破ることはない」

断定口調で言い、目を閉じた。ヒトラーの予感は的中した。カールは、午後十時四十分にバイエルン政庁に到着すると、

「欺瞞がドイツの覚醒を呼び掛ける集会を不快な暴力事件に変えてしまった。無意味で無目的なこの反乱が成功していたならば、ドイツは深淵に突き落とされる。一揆の首謀者は容赦なく罰せられる」

との宣言文を書いた。ロッソウは、

「ヒトラーの一揆を容赦しない。一揆の支持は銃口を突き付けられて、やむなく表明したもので、無効である」

との声明を全ドイツの無線電信局に宛てて発した。午後二時五十五分のことである。それより早くに、一揆への反撃を命じるロッソウの言葉が、司令部に電話で伝達された。監禁から脱け出した三人組が、一揆を裏切ったことは、午前五時過ぎにはヒトラーに耳打ちされた。

軍や警察も一揆勢に味方することはなかった。ビアホールは重苦しい空気に包まれた。力なく座りこむ人々、漂う煙草の煙、ロールパンの食べかすと、飲みつくされたビール。一揆の夜の飲食代約千百三十四万マルクは、後にナチスに請求されることになる。

何をどうすれば、この苦境を脱することができるのか。一揆の指導者たちは、二階の個室に集まり、善後策を講じた。ルーデンドルフは、赤ワインが入ったグラスを無表情で口につけていた。

「ロッソウが裏切った」

との一報があった時、将軍は、

「私はドイツ将校の誓いをもう二度と信じない」

と叫ぶと押し黙り、以後、ワインをチビチビ飲むばかりであった。凍えるような寒さのなか、一揆側の兵士は、命令が与えられず、立ち尽くしていた。ビアホールから立ち去る兵士も現れた。

「オーストリア国境まで退き、そこの右翼勢力を味方につけるというのはどうか」

との意見が出されたが、ルーデンドルフの、

「この運動を名もない田舎町のなかに葬り去ることはできん」

との嫌味と、

「長期戦は好ましくない。ここは、賽の一振りによって勝敗を決すべきだ」

というヒトラーの希望で否定される。一揆指導部の空虚な議論が続いている間に、事態はより悪化していった。駐屯軍司令部で、レームの部隊が国防軍に包囲され、危機に陥っていたのだ。その情報が指導部に入ると、

「我々は進軍しなければならない」

真っ先に、重々しく口を開いたのは、ルーデンドルフであった。レーム部隊を救うために、ミュンヘン市内に向かうというのだ。ヒトラーは、ルーデンドルフの発言を聞き、

（進軍によって、民衆の一揆に対する熱狂をかきたてる。それを見たら、軍や警察も考えを変えるかもしれない）

目の前が明るくなったように感じた。人民が蜂起すれば、軍も行進を妨げることはあるまい。

ましてや、我が方にはルーデンドルフという大戦の英雄がいるのだ。軍は攻撃を渋るだろう。ヒトラーは、ルーデンドルフの考えに乗った。

十一月九日正午前、武装した二千人ほどの隊列がビアホールを出発した。行進の先頭には、八名の旗手が、その後ろには、ヒトラーが。ヒトラーの右隣にはリヒターが、左隣にはルーデンドルフがついた。

ゲーリングは、白い鉤十字が入った鉄兜をかぶり、ヒトラーの後に続いた。ヒトラーの顔は青ざめていた。途中、少人数の警官隊に見つかり、

「止まらなければ撃つぞ」

と警告されることもあったが、一揆側の選抜隊が、

「同志を撃つな」

銃剣を構えて抗議したので、萎縮して通過を許した。一揆勢に鉤十字の小旗を振り応援する市民もいれば、

「道でそんな危ないものを振り回して遊んで良いって、ママに教わったのか」

とからかう労働者もいた。一揆勢は、ミュンヘン中心部の将軍廟近くに到達した。そこには、武装警察と国防軍が一揆勢を待ち構えていた。ここは一歩も通さないという気魄が漲っていた。

ヒトラーは、右隣のリヒターと腕を組んだ。

「急速歩で前進」

武装警察が駆け足で一揆勢に近付いてきた。一揆勢は、銃剣とピストルを敵に突き付けた。

「来たぞ、ハイル・ヒトラー！」

見物人が叫んだ時、一発の銃声がした。一揆勢の誰かが発砲したのだ。すると間もなく、武装警察が一斉射撃を開始した。銃弾が一揆勢に直撃する。ヒトラーの右隣にいたリヒターは、肺に銃弾を受け倒れた。ヒトラーのボディーガードのウルリヒ・グラーフは、主人を護るために、ヒトラーの前に立ち、
数発の銃弾を浴びた。その直前、このボディーガードは、ヒトラーを舗道に引き倒した。ヒトラーは強い衝撃を左肩に受け、倒れ込んだ。ヒトラーが銃撃されたと思い込んだ同志は、身を挺して、ヒトラーのもとに駆け寄った。

そのようななか、左手をポケットに入れ、胸を張って、歩き続けている男がいた。ルーデンドルフである。ルーデンドルフは、警察の遮断線に立ち入ったところで、逮捕され連行された。

「ヒトラーもルーデンドルフも死んだそうだ」

そうした噂が流れると、一揆勢は四散した。路上には十八の死体が横たわっていた。

激痛がはしる左肩を押さえて、ヒトラーは立ち上がった。髪は乱れ、顔は青ざめていた。

「どうか、こちらへ」

呆然とするヒトラーに声をかけた大男がいた。突撃隊ミュンヘン支部の医療部隊長シュルツェ博士であった。博士は、ヒトラーを抱きかかえるようにして、近くに停めてあった自分の車に押し込んだ。

「ビュルガーブロイケラーに、ビアホールに行ってくれ」

ヒトラーは、運転手に命じたが、敵の激しい銃撃のため、ビアホールに戻ることは不可能だと悟った。ビアホールに残っていた一揆勢は武装警察に降伏、駐屯司令部のレームも、これ以上の抵抗は無意味と感じ、投降する。

「腕を撃たれたに違いない」

行き場を失った車中で、ヒトラーがシュルツェに言った。

「熱はありますか?」

シュルツェはヒトラーに問うと、

「いや、熱はない。おそらく弾丸が入っているか、骨が折れたかのどちらかだ」

との答えがあった。森のなかに車を停め、シュルツェはヒトラーの身体を調べはじめた。

(左肩を脱臼している)

シュルツェは気付いたが、助手もなしに、車中で治療することは困難であった。

「オーストリアへ逃げるというのは、どうでしょう」

シュルツェの提案は、ヒトラーによって斥けられ、車は南方に向けて走った。

（この辺りは、ウフィングか。ウフィング。そうだ。この辺りには、ハンフシュテングルの別荘があったな）

「ハンフシュテングルの別荘に向かってくれ」

午後四時頃、一行は村の教会の側にある小さな石造りの建物に着いた。ハンフシュテングルの別荘である。来訪を告げると、ハンフシュテングルの妻ヘレナがドアを開けた。ヘレナは驚いた顔をしたが、すぐに事情を悟り、居間にヒトラーたちを通した。シュルツェによる治療が寝室で始まった。脱臼した腕をはめ込もうとしたが、腕の腫れによって一度は断念する。再度の挑戦によって、腕ははめ込まれた。

「うっっ」

ヒトラーは苦痛で顔をゆがめ、うめき声を発した。

（いつかは、ここも見つかるに違いない）

腰掛けに包まりながら、ヒトラーは眠れぬ夜を過ごした。そして、十一月十一日となった。

「ハンフシュテングルは、無事だ」

心配顔のヘレナにヒトラーは声をかけた。

「はい」

ヘレナは頷いたが、なおも心配は消せないといった表情である。腕にまかれた繃帯のせいで、上着を着ることができないヒトラーは、ハンフシュテングルの黒い大きなバスローブを借りた。

「まるで、ローマの元老院議員の偽物になったようだ」

ヘレナを前にして、ヒトラーは、冗談を言った。

「そう言えば昔、父親からトーガを着た少年とからかわれた事がある」

昔話をする余裕もあった。しかし、午後になると態度は一変する。忙しなく、居間を動き回り、「カーテンを閉めてくれ」とヘレナに命じたのだ。カーテンを閉めてからも、ヒトラーは、部屋を行ったり来たりしていた。

（警察が来るのは時間の問題だ。あと数時間、いや数分後かもしれない）

やつれた顔をして、ヒトラーは動き回った。午後五時過ぎ、電話が鳴った。ヘレナの義母からであった。

ヘレナの義母もウフィングに別荘を持っていた。

「別荘が警察の捜索を受けているわ」

義母はひそひそ声で、ヘレナに話していたが、「電話で話すことはやめていただきたい」との警官の声が聞こえ、中断を余儀なくされた。

「これから、私と部下がお宅にも伺います」

それだけ言って、電話は一方的に切られた。

（来るべきものが来た）

そう感じたヘレナは、そっと階段をのぼって、ヒトラーがいる部屋に向かった。ヒトラーは、バスローブを来たまま、戸口に立っていた。

「これから警察がここに来ます」

ヘレナは静かに告げた。すると、ヒトラーは倒れ込み、

「これで、御仕舞いだ。もう何もかも、終わりだ。どう頑張っても、何もかも無意味だ」

泣き叫ぶように、頭を抱えた。緊張の糸がほどけたようであった。

「もう終わりだ」

ヒトラーは力なく言うと、箪笥の方ににじり寄り、そこから隠していた銃を取り出した。そして、自らのこめかみに銃口を当てた。

「いったい、どうするつもりなのです？」

ヘレナは叫んだ。ヒトラーは、無気力な顔でヘレナを見つめると、銃の引き金に手をかけた。

（『小説 アドルフ・ヒトラー Ⅱ ヨーロッパの覇者』に続く）

※ⅠとⅡの参考・引用文献一覧は、Ⅲに掲載します

濱田 浩一郎（はまだ・こういちろう）
1983年生まれ、兵庫県相生市出身。歴史学者、作家、評論家。皇學館大学大学院文学研究科博士後期課程単位取得満期退学。兵庫県立大学内播磨学研究所研究員・姫路日ノ本短期大学講師・姫路獨協大学講師を歴任。大阪観光大学観光学研究所客員研究員。現代社会の諸問題に歴史学を援用し迫り、解決策を提示する新進気鋭の研究者。 著書に『播磨赤松一族』（新人物往来社）、『あの名将たちの狂気の謎』（中経の文庫）、『日本史に学ぶリストラ回避術』（北辰堂出版）、『日本人のための安全保障入門』（三恵社）、『歴史は人生を教えてくれる―15歳の君へ』（桜の花出版）、『超口語訳 方丈記』（東京書籍のち彩図社文庫）、『日本人はこうして戦争をしてきた』（青林堂）、『超訳 橋下徹の言葉』（日新報道）、『教科書には載っていない大日本帝国の情報戦』（彩図社）、『昔とはここまで違う！歴史教科書の新常識』（彩図社）、『靖献遺言』（晋遊舎）、『超訳 言志四録』（すばる舎）、本居宣長『うひ山ぶみ』（いつか読んでみたかった日本の名著シリーズ16、致知出版社）、『超口語訳 徒然草』（新典社新書）、『龍馬を斬った男—今井信郎伝』『龍虎の生贄 驍将・畠山義就』（以上、アルファベータブックス）、共著『兵庫県の不思議議事典』（新人物往来社）、『赤松一族 八人の素顔』（神戸新聞総合出版センター）、『人物で読む太平洋戦争』『大正クロニクル』（世界文化社）、『図説源平合戦のすべてがわかる本』（洋泉社）、『源平合戦「3D立体」地図』『TPPでどうなる？ あなたの生活と仕事』『現代日本を操った黒幕たち』（以上、宝島社）、『NHK大河ドラマ歴史ハンドブック軍師官兵衛』（NHK出版）ほか多数。監修・時代考証・シナリオ監修協力に『戦国武将のリストラ逆転物語』（エクスナレッジ）、小説『僕とあいつの関ヶ原』『俺とおまえの夏の陣』（以上、東京書籍）、『角川まんが学習シリーズ 日本の歴史』全十五巻（角川書店）。

小説《しょうせつ》 アドルフ・ヒトラー I 独裁者《どくさいしゃ》への道《みち》

発行日　2020年4月20日 初版第1刷

著　者　濱田 浩一郎
発行人　春日俊一
発行所　株式会社アルファベータブックス
〒102-0072 東京都千代田区飯田橋2-14-5
Tel 03-3239-1850 Fax 03-3239-1851
website http://ab-books.hondana.jp/
e-mail alpha-beta@ab-books.co.jp
印　刷　株式会社エーヴィスシステムズ
製　本　株式会社難波製本
ブックデザイン　Malpu Design（清水良洋）
カバー装画　後藤範行

ISBN 978-4-86598-078-3　C0093